GOBOOKS
& SITAK
GROUP©

GOBOOKS
& SITAK
GROUP©

三日月書版

三日月書版

輕世代 FW382
三日月書版
15
著 碰碰俺爺
畫 woonak
MISFORTUNE † SEVEN
夜鴉事典
極夜晨星

夜鴉事典

Misfortune † Seven

CONTENTS

CHAPTER 1

記住

柯羅跳進冰冷又黑暗的湖裡，不斷往下游去。

他心急著想要把某人從湖底撈起，可是當他往下游去，望進水裡，水裡卻什麼都沒有……那麼，他本來心急著想救的到底是誰呢？

迷茫地游上岸，一出湖面，柯羅卻又發現自己正坐在帳棚裡。

帳棚頂都是自己製造出的星光，星光像煙火一樣在柯羅眼底綻放著，耀眼奪目。他轉頭想看看身旁之人的反應，可是帳棚內就只有他自己一人，而他怎麼想也想不起這些把戲本來是要表演給誰看的。

柯羅失落地低頭，一抬眼卻又發現自己正獨自坐在獅心大橋上，身旁圍繞著用異樣眼光看他，並且竊竊私語的人群。

他在等誰呢？

柯羅一眼望去，沒有任何他希望出現的人出現，而他就坐在那裡，孑然一身，手上只拿了根蘋果糖。

蘋果糖一半淋著黑色的巧克力醬，一半淋著鮮紅色的冰糖糖漿，奪目耀眼。

柯羅試著要吃一口甜滋滋的蘋果糖，但還沒張嘴，鮮紅色的糖漿忽然不斷地往下滑落，黏稠的糖漿變得像血水，流滿了他的雙手，沾溼了他的衣服。

他驚嚇地起身扔掉了手中的蘋果糖，身上卻仍像被血跡浸染一樣。

柯羅的呼吸急促，他看著手中沾染的血水，又看向前方。

人群已經消散，只剩下趴臥在地上，一身白袍同樣被血水浸染的金髮教士。

萊……特？

他終於想起了那個人的名字，卻是在這種情況下。

柯……

柯……羅？

血泊中的金髮教士正虛弱地喊著他的名字，一道古怪且巨大的黑影則從他的腹部爬出、蔓延，幾乎籠罩住整個空間。

小太妃糖。

黑影也跟著親暱地喊了他的綽號，柯羅全身一震，一時踉蹌向後，直墜大橋之下。

「唔！」倒抽了口冷氣，柯羅從惡夢之中清醒。

盯著陌生的天花板、陌生的房間以及陌生的一切，他抹掉額際上的冷汗，緩緩從床上坐起身來。

房間裡很安靜，只剩下自己的呼吸聲，還有窗外嘩啦嘩啦的雨水聲。他的肚子裡卻一點聲音也沒有，他的腦袋裡也是，一片黑暗，什麼都沒有。

「萊特。」柯羅喊了聲那個人的名字。

他伸出手指，不斷在手心上寫著同樣的名字——萊特。

寫了三遍，柯羅張嘴，將名字吞進肚子裡。

「要記住。」他喃喃自語著，隨後閉上雙眼。

萊特、萊特、萊特。

金髮、藍眼睛、蠢死了。

柯羅試著在腦袋裡建構出金髮、高個子、漂亮的藍眼睛，蠢到不行的笑容。白袍教士的面容終於出現在腦海裡，對著他揮手。

不是全部都被吃掉了，所以要記住。

柯羅對自己說，他盯著天花板，用手指彈出星火。

點點星火在天花板上構築成熟悉的白色身影，他在廚房裡穿著圍裙煎鬆餅的模樣，他半夜不睡覺拉著也睡不著的他一起看電影的模樣，還有他笑著說一些蠢話的模……

叩叩兩聲，一隻烏鴉忽然出現在窗外，牠用喙敲著窗，張開翅膀示警。

柯羅倏地張開眼，天花板上的星花隨之墜落消散。

沒過多久，房門外的腳步聲響起，有人敲響房門。

柯羅緊張地看著門口。窗外的烏鴉被一隻體型更巨大的渡鴉驅趕，渡鴉站在窗外，紅色的眼珠直盯著他看。

陌生卻又熟悉的人端著一盤香味四溢的鬆餅走入，那個有著極鴉家的黑髮紅眸、五官與柯羅十分神似的男人，一和他對上視線，立刻笑眯雙眼。

「什麼時候醒的？餓了嗎？我替你做了早餐。」瑞文殷勤地端著餐盤走來，他坐在床邊，溫柔地替柯羅準備餐具。

柯羅抹著臉，因為這是平常萊特會做的事情，而不是這個在離開前發瘋攻擊他的兄長。

「不了，我不餓。」柯羅拒絕，他下意識地遠離瑞文。

瑞文頓了頓，他默默地放下餐盤與餐具，自言自語道：「也是，可能你還沒心情吃東西，沒關係，我們等一下再吃。」

柯羅蜷縮在角落，警戒地盯著瑞文，瑞文卻像沒事般親暱地坐在床邊，歪著腦袋問他：「為什麼這樣看我呢？」

柯羅不能理解，離開這麼久，還在離開前後犯下這麼多血腥罪行的人，怎麼還有臉這麼平靜地面對他，裝得像什麼事情都沒發生過。

「柯羅……」瑞文伸手要替柯羅將垂落的瀏海撈起，卻被柯羅一把拍開。房間一下子安靜下來，彷彿連窗外的雨聲都消失了。瑞文輕輕撫摸被拍紅的手，他皺起眉頭，窗外的渡鴉拍著翅膀嘎嘎叫。

對方的沉默讓柯羅整個身體都跟著緊繃起來，那些堆積沉澱在心中深處的回憶再度被揚起……瑞文狂暴地壓在他身上，掐著他的頸子，令他窒息，然後企圖奪走他肚子裡的東西的畫面不斷閃現。

雖然現在他的肚子裡已經沒有瑞文想要的東西了，但一切還是讓柯羅感到坐立難安。

瑞文還不知道他肚子裡的東西沒了，也不知道自己最後將他一直很想要的蝕塞進了萊特肚子裡。

如果被知道這件事，他不確定瑞文會有什麼樣的反應。

「我沒有惡意，柯羅。」瑞文說，可是他光是講話都能讓柯羅瑟縮。

「你沒有惡意？你用約書他們的性命威脅我將聚魔盒交給你，還要我丟下萊特跟你一起走，這樣叫沒有惡意？」柯羅握緊拳頭。

「我這是為了你好！你為什麼就是不懂呢？」瑞文忽然對柯羅大聲吼道，連窗外的渡鴉都因驚嚇而飛起。

柯羅下意識地抬手護住臉，將自己整個縮進角落裡，預期的攻擊卻沒落下來。他放下手，只看到瑞文一臉失落地站在床邊。

「你以為我會打你嗎？柯羅，你是這樣認為的嗎？」

柯羅一時間不知道該如何回覆，他抬頭看向瑞文，瑞文卻一副自己才是受害者的模樣。

這讓柯羅沒來由地感到憤怒。

「你到底想做什麼？帶我回到你身邊，然後呢？」柯羅問，「你以為你帶我回來之後我就會像之前一樣，當個乖巧的弟弟在你身邊撒嬌嗎？」

「我不是這個意思，我只是認為我們可以重新開始……」

「開始什麼？你忘記你對我做的事了嗎？你想殺我、吃掉我，還和達莉亞一樣拋下我，你現在卻跟我說要重新開始！」

「那不一樣，你不明白我那時候的用意，我會那麼做只是為了保護你！如果我能帶走蝕，我就有足夠的能力能夠保護你！」

「你要怎麼保護？你當時都差點殺了我啊！」柯羅吼道。

「我不是故意的，我只是一時失控……」

「像達莉亞一樣嗎？」柯羅冷哼一聲，用著他最惡毒的言語說道：「這就是她為什麼不把蝕給你而是給了我，她說你太像她了，你承受不住……」

柯羅的話還沒說完，整個人就被一股力量壓制在牆上，就像有人用力捂住他的嘴，扭曲他的四肢，他痛得臉色蒼白，渾身冒冷汗。

瑞文的雙眸在黑暗裡散發著紅光，柯羅知道自己觸到了他的逆鱗。

「唔嗯！」柯羅痛得發出悶哼，眼淚從他眼角冒出，身上的力量才終於消失。

柯羅跌回床上，而瑞文就像剛從夢中醒過來一樣，著急地扶起床上的柯羅：「抱歉，你沒事吧？」

柯羅再次甩開瑞文的手，緊握雙拳，這次他沒有憤怒或恐懼地大吼，他只是抬頭看著瑞文，隱忍著淚水詢問：「還是你叫我回來，就是想折磨我？因為達莉亞把蝕給了我，讓你很不高興？」

這也是柯羅一直以來的疑問，瑞文從不願意承認，但自從達莉亞將蝕給了他之後，瑞文就完全變了一個人。

瑞文不再是那個處處護著他，願意耐心陪伴他的好兄長。

就像達莉亞說的那樣，瑞文變成了第二個達莉亞。

「不是這樣的！」瑞文反駁，他伸手抓住柯羅的肩膀，「相信我，我現在已經不需要蝕了，我有聚魔盒，有你，還有使魔，我們可以一起合作。」

「我才不要和你一起合作，你是個小偷！瑞文，聚魔盒是達莉亞連同蝕一起給我的，你肚子裡的使魔也是萊特的，你身上的東西全部是你偷……」

柯羅被瑞文緊緊掐住肩膀，痛得說不出話來。

「你也被那個教士洗腦了嗎？」瑞文忽然笑出聲來，他伸出手指，輕輕推著柯羅的額頭。「你會這麼想，只是因為被教廷和那個教士洗腦了而已，你根本不知道，那個教士才是真正的小偷。」

「萊特才不是小偷，他也不只是教士，他是我們的一員！」

「他不是，如果他也是巫族，怎麼會站在教廷那一邊呢？別忘了他身上穿的是白獅的教士制服。」瑞文起身，不再抓著柯羅不放，隨後又喃喃自語般說道：「沒關係，你只是剛回來而已，你會懂的。」

柯羅摸著被掐痛的肩膀，看著瑞文的眼神依然警戒。

「先不談這些，起來就記得吃點東西，不要餓肚子，會長不大的。」瑞文又伸手，這次只是寵溺地摸了摸柯羅的腦袋，柯羅卻別開頭。

「你在逃避我說的話。」

瑞文看著柯羅，原本溫和的微笑一下子冷卻下來，「我沒有。」

「你有病，瑞文，你就跟達莉亞一樣。」

「柯羅……」瑞文發出警告。

「你自己搞砸了，你丟下我，丟下圖麗，摧毀一切之後你竟然還敢厚著臉皮回來要和我們重建家庭？你想把我和圖麗也變得跟你一樣嗎？」

「不要試圖激怒我。」

但柯羅就是想激怒瑞文，他抱持著一絲希望，如果讓瑞文陷入混亂，他會不會有機會趁隙逃跑？就算冒著可能會被殺死的風險，他也想試試。

他需要盡快回到萊特身邊，不然他怕自己會忘記——

這個想法很快就破滅了，下一秒，柯羅就聽到瑞文在他的頭頂說：「如果你以為這樣做會令我做出什麼失控的事情，讓你有機會離開，那你就錯了。」

柯羅抬頭，他看著已經將情緒平靜下來的瑞文，反而感到更加毛骨悚然。

「我想讓極鴉家再度圓滿，是認真的。」

「帶著不信任你的弟弟和根本沒見過幾面的妹妹？」

「是的，會很辛苦，因為他們被教廷和教士洗腦太久，但我會想辦法救回他們。」瑞文伸手按住柯羅的腦袋。

「你到底在胡說八道些什麼？你這瘋子。」柯羅痛斥，按在他腦袋上的大手卻只是溫柔地撫摸。

「不要故意惹我生氣，我警告過你了，柯羅。」瑞文微笑道，「你如果惹我生氣，我不會對你發脾氣，但我會把脾氣發在那個金髮的教士身上。」

柯羅頓時愣住。

「你這是什麼意思?你明明說過我跟你回來，你就不會動他們。」

「我說過，我會放過你那群教士小伙伴還有威廉，但金髮教士從不包含在內。我只是答應你會留他活口，放逐他。」瑞文冷著臉說，「這不代表我不能繼續找他麻煩。」

柯羅開始緊張了。

「瑞文……不要，拜託，萊特和這些事無關。」

「無關嗎?我倒覺得這一切的事情都與他有關。」瑞文輕拍柯羅的腦袋，「不要緊的，我不會殺他，只是找一些小麻煩，嗯?」

「不行，不可以!」

「這就當作是你搗蛋的小處罰。」不管柯羅的叫喊，瑞文轉身走出房間。

「瑞文!」

「乖乖吃掉你的早餐，好嗎?」瑞文回頭丟下一句話後，房間的門在瞬間被關上。

「瑞文!拜託，我、我錯了行不行?你不要把對我生的氣發洩在萊特身上……瑞文!瑞文!瑞文!」柯羅猛捶著門，外頭卻毫無回應。

沒想到自己的行為竟然造成了反效果。

捶門捶到雙手通紅濺血，外頭也沒反應，柯羅手足無措地抱著腦袋。

不行，冷靜下來，這就是他之前把蝕塞給萊特的原因。他告訴自己。蝕現在在萊特身上，只要萊特能找到與蝕相處的方法，就不會有事的。

抹了把臉抬起頭，柯羅盯著門，他冷靜的速度很快，一方面卻又感到挫敗。

為什麼冷靜下來得這麼快呢？明明應該更在意的。

是因為自己已經學到了焦急只會造成反效果？還是因為……

柯羅晃晃腦袋，用染血的手指在手心裡再次寫下萊特的名字，三遍，然後吞進肚子裡。

要記住，記住。他提醒自己。

「吵完架了？」

拿著酒杯，朱諾坐在沙發上，看著一臉陰鬱地走出來的瑞文。

用膝蓋想也知道事情不會如同瑞文所期待的那樣發展。朱諾看著瑞文，臉上忍不住露出嘲諷的笑，這個瘋子大概還以為柯羅跟他回來之後，就會像以前那個可愛笨拙的小弟弟一樣和他撒嬌。

為了讓弟弟有個好印象，他們還換了新的人家住，這次沒像之前那樣血腥屠殺，只是蠱惑了屋內的人離開。

現在看來一切都是徒然。

「我們沒吵架。」

朱諾搖頭嘆息，這傢伙已經沒救了。

「我就姑且可憐你，相信你。」

瑞文沒說話，不過朱諾手上原本拿著的酒杯裂了一角。朱諾不以為意地將酒杯放下，他看著門口，走廊上很安靜。

「不過他今天滿快就消氣了，說不定是好消息？」

瑞文沉默，看他臉上的表情，朱諾馬上察覺有什麼不對勁。

「我有事情要你去做。」瑞文說，「我需要你舉辦多場巫魔會，替我傳遞一些訊息。」

「聽起來不是好事，和小鑽石有關嗎？」朱諾在某些事情上特別敏銳。

「不只是這件事而已。」

「我就知道，因為小鑽石還是太礙眼，阻止你弟弟全心全意愛你，所以你想趕盡殺絕嗎？」朱諾實在是忍不住笑，他到現在還沒被對方殺掉已經算很幸運了。

「不完全是，他如果夠幸運，就會活著，我只是想讓柯羅知道現在是什麼情況。」瑞文面無表情。

「你真的是個大壞男巫耶，不過我不討厭就是了……所以，想要我怎麼做呢？」

「讓流浪者們也知道蕭伍德的身分，同時是教士，同時也是巫族。」

「想讓小鑽石裡外不是人？我喜歡這個點子，要殺掉嗎？」

「不，但可以折磨。」

朱諾笑瞇了眼，「沒有問題，先生，您還有什麼願望嗎？」

瑞文低垂眼眸，想了想才抬起頭說道：「柯羅已經回來，聚魔盒也到手，我認為是時候進行我們的計畫了。」

「柯羅會配合我們嗎？」

「我相信接下來他會的。」瑞文微笑。

「你真是讓人毛骨悚然呢。」朱諾摸摸自己身上的雞皮疙瘩，又問：

「對了，你不等亞森回來嗎？」

「我等不了那孩子了。」瑞文說。

「有了弟弟就不要另一個弟弟，真是傷人。」

「我沒有拋下他，如果他願意相信我，他會自己回到我身邊。」瑞文說。

看著冷漠的瑞文，朱諾還是為亞森感到同情，不過這就不是他能管的事情了……

「好吧，算了，你高興就好，小的這就去準備您交代的事。」朱諾起身伸了伸懶腰，瑟兒投入他懷裡之後他每天精神都很好，力量像是源源不絕般湧入。

他很好奇他那個沒用的兄弟，現在是不是每天擔心害怕他隨時會找上門呢？

「記得，不能殺。」瑞文說。

「但可以折磨。」朱諾接話，他微笑，隨後往前走去，消失在客廳內。

雨水落在萊特的臉上，他眨眨眼，眼前模糊不清的黑影讓他頓時清醒。

「柯羅！」

萊特站起身，卻發現所謂的黑影只是自己的影子而已。

擦掉臉上的雨滴和髒汙，獨自在廢棄下水道裡狼狽地過了一夜的萊特忍不住失落，他往外望去，天色微亮，但不確定時間。

昨天的一切都還像是夢一樣，他甚至分不清楚哪些是現實哪些不是。

柯羅真的離開他了嗎？還有他肚子裡真的有……

你要在這個臭下水道裡待多久？

愚蠢的小鑽石。

肚子裡傳來不屑的聲音，提醒了萊特這一切都是真的，柯羅的離開，還有蝕正在他的肚子裡。

萊特摸了把肚皮，下一秒，有東西在裡頭竄動的感覺明顯起伏，肌肉拉扯的疼痛和怪異感讓他全身雞皮疙瘩都爬上皮膚。

萊特差點站不住腳，一股反胃感直衝喉頭。

別吐了。

小柯羅承受我的時候可沒吐。

蝕說著話，聲音在他胃裡和腦袋裡嗡嗡響。

萊特勉強撐住身體，他第一次知道原來這就是擁有使魔的男巫的感受。

「明明大家都一副很稀鬆平常的模樣啊……嘔嘔嘔嘔！」萊特還是忍不住吐了，吐到連肚子裡的使魔都嫌噁心。好不容易吐完，他擦擦嘴連忙賠罪：「抱歉，大概是因為你太噁心了，我不習慣。」

信不信我捏死你？

萊特沒有理會蝕，他小心翼翼地走出下水道。下水道外頭是靈郡的郊區邊緣，他們並沒有離原先的占卜巷太遠，這表示危險還很近。

嘻嘻，別怕啊，好好走出去，反正他們都沒發現不是嗎？

蝕在慫恿他。

萊特皺眉，確實，昨天一整晚都能聽到銅蛇在下水道上頭爬行的聲音，不過說巧不巧，它們就是會剛好錯過萊特躲藏的地方。

「但昨晚是因為幸運。」

這不就是你的能力嗎？蝕說，牠嘻嘻笑。

萊特按著肚皮，因為蝕在裡面竄動，他幾乎能感受到牠正惡意地鼓動羽翼。本來想反駁蝕自己根本沒有幸運到這種程度，萊特忽然意識到，也許他現在有了。

「是你的關係嗎？」萊特問。

就算再幸運，以他原本的能力來說好像也沒辦法幸運成這樣。

感受到了嗎？

「什麼？」

力量啊。

這就是為什麼柯羅要把我餵飽再塞給你。

蝕嘻嘻笑著，聲音刺耳。

他還真的是愛死你了，寧願捨棄這種力量，也要盡力保全你。

萊特呆愣地撫著平坦的肚皮，他沒有感受到蝕口中所謂的力量，只是皺起眉，眼淚差點忍不住掉出來。

結果在離開前，柯羅竟然把這麼重要的東西偷偷給了他，就算會被吃掉記憶，他還是要確保蝕有足夠的力量讓他應付接下來的事。

不過你的身體比想像中舒適呢……

也許我會乾脆居住下來？

蝕還在自言自語。

萊特憋住淚水，用袖子抹掉眼裡的溼氣。不行，現在不是哭泣的時候。

深吸一口氣，萊特開始大步向前走。

你有沒有在聽我說話？對於萊特沒給反應這件事，蝕有點不高興。

「沒有。」萊特說。

我們現在要去哪裡？

「想辦法找到柯羅，和他會合。」萊特快步走在小巷弄內，時不時還能聽見有警笛鳴聲和吹哨音在附近響起。

你知道他在哪裡？

「不知道。」

你要怎麼找？

「雖然我還沒搞懂使魔和巫力的連結機制，但聽你的說法，有了你我現在就更有足夠的力量了，不是嗎？」萊特很不客氣地拍了拍肚皮，「只要我足夠幸運，誤打誤撞總是會有線索出現的。」

真是方便的能力，你真幸運。

被拍得不高興了，蝕連話裡都帶著諷刺。

但你就不怕白費功夫，等找到小柯羅之後發現他完全忘了你的好嗎？現在的你對他來說很可能只是當初那個討厭鬼。

蝕嘻嘻笑，期望品嘗到小鑽石的擔憂和沮喪；然而，他太低估這個教士斜槓男巫的樂觀程度了……

「不，他一定還記得我。」萊特一臉堅持地說道。

蝕沒有感受到絲毫疑慮，那不有趣，他開始質疑當初和柯羅的交易是不是划算了。

這麼有自信？

「你吃掉的不是我們全部的美好回憶，所以他一定還記得。」萊特重新打起精神，他決定相信自己所相信的事。

你這樣橫衝直撞，很可能會被抓到喔。

「有你在不是嗎？」

蝕沉默，隨後才發出笑聲。

確實，不過警告你，如果要動用到我，是要付出代價的喔。

萊特沒說話，他在小巷內開始奔跑起來。

CHAPTER

2

信仰

天還沒亮，附近的野狗就紛紛嚎叫起來，天空上的雨水在狗嚎聲結束後又開始掉落。

亞森站在窗前，悄悄地掀開窗簾往外查看。

占卜巷發生衝突並出現大量教士死亡的事情已經上了新聞，雖然新聞報導得相當模糊，不過整個靈郡大概都感受到了不尋常的氣氛。

街上現在到處荒無人煙，會出來走動的只有警察和教士而已，他們正在挨家挨戶地調查，就是想找出藏匿在靈郡裡四處流竄的惡巫瑞文以及他的同伙。

亞森已經整整等了一夜，瑞文卻始終沒有回到他們現在的據點，他開始擔心瑞文和朱諾是不是遭遇了什麼不測，又或者……並不是因為遭遇不測，而是因為成功了。

咬著指甲，亞森看向病床上的威廉。

在瑞文帶著朱諾出發前，曾要求他一起跟上。

亞森知道自己應該要毫不猶豫地跟從，因為他向瑞文發過誓，無論發生什麼事，他都會追隨瑞文的指示。

可是當瑞文提出要他跟著走時，也明確地表達了一件事，那就是威廉將被放棄。

亞森很清楚瑞文接下來的打算，如果柯羅和聚魔盒都到手了，那麼就表示下一階段計畫可以開始進行，屆時，他們是不可能帶著威廉一起行動的。

威廉已經達成了瑞文當初找他的目的，現在等於毫無用處，加上他身上的傷，連能不能繼續存活都成了問題。

所以，當瑞文要他跟著走時，亞森明白瑞文是要他做出相同的決定。

但是……

床上的威廉臉色紅潤，手指的傷還是血跡斑斑，他那頭秀麗的粉紅長髮再也沒有恢復的跡象。

曾經是這麼漂亮的少年，如今卻像塊破布一樣被人遺棄，等著教士來獵殺。

既視感太過強烈，亞森最後以沉默回答了瑞文的邀約。他選擇停留原地，停留在威廉身邊，因為他知道威廉此刻有多需要一個人陪伴。

就像他當初需要瑞文那樣。

「威廉。」亞森走到威廉身邊，輕輕呼喚他，用手背貼著他的額頭。

威廉沒有回應，整個身體滾燙。

這時，屋外又傳來狗叫聲，一區接著一區，一路響亮嚎叫，越來越近。

亞森皺眉，他知道那不是好預兆，犬群在警告他，那群如獵犬般的教士已經找到附近，很快就會找上他們。

瑞文依舊沒有要回來帶走他們的跡象，唯獨一隻渡鴉飛來，站在窗前，盯著亞森的眼神像是在催促他離開。

亞森握緊拳頭，威廉的呢喃聲卻轉移了他的注意力。

「萊……」

「威廉？」亞森輕輕搖晃他。

威廉沒有動靜，他看起來很脆弱，破敗不堪，彷彿靈魂隨時會被他體內的使魔往下拉入地獄一樣。

而威廉在等的人最後還是沒來，沒人救贖他。

「看吧，不是跟你說了。」亞森憐憫道。

威廉沒有說話，離死亡也許已經不遠，而渡鴉還在窗外敲著窗。

嘆息一聲，亞森起身，原本正打算離開房間，猶豫了幾秒，最後他牙一咬，決定忽視渡鴉的視線。一鼓作氣，他轉身急忙將威廉從床上架到身上，用被單將威廉綁在自己背上。

窗外的渡鴉叫了幾聲後悻悻然地離開。

「再撐一下，威廉。」亞森說，威廉只是安靜地趴在他背上，像沉睡一樣。

狗叫聲已經近到刺耳，亞森只是隨手拿了幾樣東西，門口便傳來沉重的敲門聲。

「有人在嗎？」外頭的人吼道，又被狗叫聲蓋過。

「請配合我們的調查！」敲門聲開始變得不耐煩，砰砰地，從敲門變成了踢門。

亞森逼不得已，他拉開窗戶，轉身就變成一隻足以承受威廉重量的狼，一躍而出，在巷弄內奔逃。

只是外頭早已布滿教廷的眼線，很快便哨聲四起。

亞森倉皇奔逃，盡量往偏僻的小巷子鑽，他很迷惘，不逃不行，但這種狀況下他究竟又該何去何從。

沒有人幫他們，他最後也只能帶著威廉逃到死路而已。剛出現這種想法，亞森就錯愕地發現自己在教士們的追捕下進到死巷之中。

腦海一片空白，亞森頹然地看著眼前這堵高牆。他其實大可變成鳥飛走，可是那就意味著必須留威廉在原地等死。

不，他不能丟下威廉。

咬緊牙根，亞森站穩腳步，轉身面對巷口。這次不會有瑞文來救他了，所以如果真的必須在這裡拚死一搏，那他也就只能這麼做。

亞森壓低狼身，在暗巷中發出低吼。

一名教士帶著獵槍出現，他舉槍對準巷弄裡的亞森，雙方僵持，亞森正打算主動攻擊，對方卻愣愣地喊了句：「威廉？」

亞森停下腳步，他看著教士，教士的槍依舊沒有放下，卻也沒有要射擊的意思。

對方似乎正在猶豫，亞森並不是很明白為什麼。

哨聲響起，幾群教士似乎隨後就要追上，屆時亞森和威廉的處境都會更加艱難。就在亞森準備豁出去時，那名猶豫不決的教士忽然放下槍，轉過身去對著後方的教士喊道：「可疑人士往那邊跑了！快去追！」

教士指著相反的方向，引走了後方那批教士。

亞森不解，他看著教士背後的標誌，一隻紅色的鷹頭圖騰……

「跟我來吧。」待那群教士被引走之後，對方才轉頭對著他們說道。

教士有一頭金髮，卻不同於威廉曾經敘述的那樣燦爛，他背後的圖騰也和威廉所期盼的那人不一樣。

轉過身，教士頭也不回地就要離開。

亞森不知道自己該不該跟上，但背上的威廉重量越來越輕，就像他的靈魂在流失一樣。

逼不得已，亞森最後只能跟了上去。

他們晚了一步。

丹鹿和約書躲在巷弄的角落，遠遠看著教士們在威廉落腳的地址大肆搜索。

雖然在萊特和柯羅的犧牲下，他們換到了威廉的所在位置，然而大量在靈郡間穿梭的教士卻阻礙了他們的任務。

讓卡麥兒和賽勒將中毒的絲蘭偷渡回黑萊塔給榭汀治療後，約書和丹鹿兩人趁夜偷溜，循著朱諾給的地址去尋找威廉。但是現在的靈郡草木皆兵，幾乎每條巷弄都有教士在巡邏。

等他們好不容易避過所有耳目到達目的地時，竟發現一批教士已經在裡頭進行搜索。

沒料到事情會變成這樣，約書和丹鹿只能先躲在暗處觀察。他們還不能被人發現擅自外出的行為，卻也不能就這麼眼睜睜地看著教士們逮捕威廉。

兩人還在計畫著要怎麼救出威廉，搜索中的教士卻發出叫喊：「男巫已經跑了！剛才收到消息，他們正往北側巷弄逃跑！」

丹鹿和約書互看一眼。

「太好了，還沒被抓到。」

「快走！」

約書催促著丹鹿，他口袋裡的手機卻開始震動，一則訊息傳來，讓拿出手機查看的約書臉色逐漸凝重。

丹鹿忍不住跟著心急起來。

「怎麼了？是誰？」

「格雷，他說威廉在他手上。」

兩人再度對視，表情都不是很好看，因為此刻他們心裡都只想著一件事——格雷不會是找到威廉，然後動手了吧？

在約書決定違背教廷的意志，組成小隊偷溜出黑萊塔去尋找萊特和柯羅他們時，格雷拒絕了他的邀約。

格雷身為一位名門的鷹派教士，他信守鷹派的教義多年，從不背叛教廷的旨意，這是他們家族的信仰與信念。他不明白為什麼身為鷹派的約書最後會選擇聽從內心的聲音，而不是依循教廷的意志行事。

所以格雷拒絕去援助身為犯人的萊特和柯羅。

約書沒有生氣，只是默默看著他，跟他說了句：「沒關係，我知道你本性不壞，只是固執又愚笨了點。」

這反倒讓格雷生氣了，什麼時候嚴守教廷的意志變成了固執又愚笨的行為？他認為這是真正光明正大且高尚的舉動。

然而當約書詢問其他人時，無論是丹鹿還是小仙女學姐，兩人都一口答應下來。

「可是你們怎麼能背叛教廷的旨意？」

他曾經試著阻止他們，卻得到丹鹿這樣的答案：「現在在外面逃亡的，再怎麼說也是我們共事這麼久的同伴耶，這種時候教廷的命令還重要嗎？如果你真的覺得教廷的旨意還是比我們的同伴重要，那我認為就像大學長說的那樣，你這已經不是信仰，而是愚昧了。」

卡麥兒也站在丹鹿身後，堅定地點頭。

教士們團結一致，頭也不回地跟著約書離開，只剩格雷一個人被留在原地，和他堅定的信仰一起，再次被所有人孤立。

不知道何去何從，格雷只能自願加入教廷轄下的搜索隊，一同尋找「逃犯」；只是在他堅信的教廷指揮下，他依舊感到格格不入，因為教士們總愛把威廉的反叛怪罪到他身上。

約書和丹鹿的話也一直困擾著他，這讓他開始質疑自己的信仰是不是真的愚昧呢？或許正是因為他愚昧，所以最後逼走了威廉？一切的錯都是他造成的嗎？

就在格雷感到迷茫的當下，他卻在搜索的巷弄裡遇上了他們……

大雨不斷落下，格雷手裡拿著獵槍，死巷內有隻巨大的狼對他齜牙咧嘴。白狼的背上趴著一個嬌小的身影，他有頭青綠色的短髮，身上到處是繃帶和傷痕。

格雷見過那種慘綠的髮色，每次在威廉召喚使魔後，那頭美麗的粉紅色長髮都會變成這種令人厭惡的色澤。

「威廉？」

格雷遲疑了，他沒料到自己會在這種情景下再次遇上威廉。

此刻的威廉裹在床單裡，床單浸滿雨水和血水，像條粉紅色的毯子。那個平常老愛對他大呼小叫的男巫，現在就像具冰冷的屍體，了無生氣。男巫們看上去很絕望，已經走投無路。

格雷舉著槍沒有放下，他從來沒這麼幸運過，他找到了教廷一直在尋找的逃犯，他本該直接開槍，想辦法靠自己的力量把這兩人逮捕回去。

如果能辦到，他會在教廷立功，也可以洗清那些汙蔑他沒有監督好威廉的罪名，這是多好的機會？

可是……

我知道你本性並不壞。

再怎麼說也是我們共事這麼久的伙伴。

約書和丹鹿的話卻又不約而同地出現在他腦海裡。

格雷從來就不喜歡威廉，他和這個男巫一直都不對盤，而比起他，威廉可能也更喜歡萊特那傢伙……

但就算再討厭，有討厭到要送他去死或親手殺死他的程度嗎？

那一瞬間，格雷的內心在動搖，趴在白狼背上的威廉是這麼虛弱，或許不用他動手就會逝去……

但就如同約書和丹鹿說的，利用威廉的死亡來展現自己的信仰，是真正的信仰嗎？格雷不知道。

不過有件事他很確定，他雖然嫌棄、輕蔑男巫，恨不得脫離他，卻從來沒真的希望他遭遇如此悽慘的下場。

格雷最後決定放下手上的槍。

「跟我來吧。」

丹鹿和約書在看到格雷、他身後的那隻白狼，以及白狼背上幾乎已經不成人形的威廉時，兩人第一時間的反應都是——

「威廉怎麼了？你動手了嗎？」

「你這生兒子沒屁眼的王八蛋我還在那裡說什麼覺得你這人本性不壞，你根本壞透了，你這大爛……」

才剛有了超然體驗並遵從自己內心做出艱難抉擇，靈魂都好像上升了一個層級的格雷氣不過，忍不住對著兩人大吼：「才不是我做的，你們不要隨便誣賴我！」

要不是約書和丹鹿眼明手快地捂住格雷的嘴，他的吼聲恐怕很快就會被其他人聽見。

「不是你做的？」約書掐著格雷的臉問。

「我如果要做這些事，你認為我還會把他們帶來找你嗎？」格雷問。

「嗯，好像有道理。」約書想了想，最後放開了格雷的臉，「我就說你這人本性不壞。」

到底是誰上一秒還在說他是個生兒子沒屁眼的王八蛋？格雷敢怒不敢言地看著手還掐在他肩上的約書。

「威廉怎麼會變成這個樣子？」

丹鹿看著眼前的白狼和狼背上的威廉，威廉看上去奄奄一息，美麗的容貌憔悴不堪，最重要的粉紅色長髮也不見了。

「我不知道，我找到他時已經是這樣了。」格雷說。

「是瑞文那傢伙做的吧？」約書皺眉，看到威廉的慘樣，連他都於心不忍。

「威廉……」丹鹿試圖要上前關心，白狼卻發出警告般的呼嚕聲，趴低上半身，一副作勢要攻擊的模樣。

「別不識好歹……啊！」改不掉習慣，格雷又要舉起槍來，卻差點被約書一把捏碎肩膀。

「冷靜，我發誓我們沒有惡意，我們只是想來救威廉。」約書舉起雙手來，示意他們並沒有攻擊的意思，還用力踢了旁邊的格雷一腳，才讓他把手上的槍收起來。

「沒錯，我們沒有惡意，亞森……你是亞森對嗎？」丹鹿開口詢問。如果他沒記錯的話，白狼應該就是瑞文團體裡的那個變形者。

白狼抬起頭，似乎是默認了丹鹿說的話。

約書和丹鹿交換眼神，他們沒料到變形者會選擇待在威廉身邊，而不是追隨瑞文離開。

亞森來回繞圈，看上去很焦躁，卻也沒有要傷害威廉的打算，推測亞森對威廉沒有惡意的兩人開始勸說。

「聽著，你身上的威廉急需醫治，你必須讓我們把他帶回去，不然他撐不了多久。」約書把聲音放輕，試圖降低亞森的戒心。

但白狼依舊戒心很強，牠左右張望，像是在尋找什麼人。

約書頓了頓，他小心翼翼地詢問：「你是在找瑞文嗎？」

亞森愣住，他看著約書一行人，似乎因為被看穿了心思而感到慌張。

「如果你是在找瑞文，請放棄吧。我們之所以能找到這裡，是和瑞文交換條件換來的，所以瑞文不可能再回來這裡。」約書說。

聞言，白狼停下四處探尋的動作，對於約書的話牠似乎不感到意外，卻失落哀傷，在下一個瞬間幻化為人形。

約書很訝異，原來跟著瑞文的變形者就這麼小一隻，年紀看上去和威廉相仿。稚嫩的少年們依偎在一起，畫面更顯得焦慮而絕望。

「交換條件？」亞森不解。

「我很抱歉，瑞文和萊特跟柯羅做了交易，只要柯羅願意跟他走，而萊特自願被放逐，他就願意讓我們來救威廉。」約書說。

「拜託，為了威廉，柯羅已經和瑞文走了，萊特現在也一個人被流放在外，條件都按照瑞文說的去做了，所以請讓我們帶威廉回去給榭汀治療吧。」

「萊特……」亞森呢喃著，而他背後的威廉則是在聽到這個名字後，發出了輕輕的哼嗚。

亞森看著已經被雨浸溼的威廉，結果他心心念念的傢伙最後竟然真的來找他了，雖然是以這種形式……

亞森望向天空，雨水滴進他眼裡。他還笑威廉傻，結果最後沒等到人的卻是自己。

沒有再說什麼，亞森將威廉從背後放下，他抬頭，用眼神示意丹鹿和約書向前。

丹鹿和約書二話不說，一個上前用教士袍蓋住威廉，一個負責背起他。

亞森化作一隻小鳥，沒離威廉太遠，卻也沒離丹鹿和約書太近。

丹鹿和約書並沒有多說什麼，他們準備帶著威廉回到他熟悉的地方。

「你呢？」約書抬頭問依然站在原地的格雷。

格雷沉默，垂眸看著地面。他願意幫助威廉，只是因為他並不願意當一個為了信仰而完全出賣人性的傢伙，他跟黑萊塔裡的另一個眼鏡蛇男巫可不一樣。

然而，這不代表他已經完全接受了約書他們的反叛行為。

「我會幫助你們，只是因為我沒有厭惡威廉厭惡到希望他真的死去，但這不表示我贊同你們的行為。」

格雷仍然擁有自己的信仰，他內心深處依然堅信著，巫族是世界的亂源，需要由他們來矯正，這也是督導教士的使命。

「很抱歉，我想我必須在這裡和你們分道揚鑣了。我會假裝沒看到這件事，繼續去追捕瑞文。」格雷說，「但我就只給威廉這一次機會而已。」

「是這樣嗎？」約書低語。

「是的，因為我還是認為威廉需要為他的背叛行為負責，只是他不該死在這裡，而是應該接受教廷的異端審判後再判決他的罪行。」

格雷握緊拳頭，他必須站穩自己的腳步，就算所有的黑萊塔教士都不同意他的想法，他也不會在乎，因為他的信仰始終應該是他最重要的核心，這是他身為鷹派教士的驕傲。

「所以等他醫治好之後，我希望大學長你能好好想清楚，因為到時候我仍然會……」

格雷深吸一口氣，整準備傳達自己堅定不移的信念，一抬起頭，卻發現眼前竟然空無一人。

「咦？大學長？」

約書和丹鹿早就不知道帶著威廉離開多久了，也不知道他的熱血演講究竟被聽到多少，可能在他說他不會告密時就走了。

原來格雷不在乎別人的想法，別人也同樣並不在乎他的想法。

「可、可惡！你們這群傢伙果然都是些……」

教士一個人站在雨裡，仰天長嘯。

圖麗獨自坐在房間裡，窗外正下著大雨。

她緊握手中的木雕小鳥，不斷在手裡把玩。

靈郡已經陰雨綿綿多日，這些天從白懷塔高處往外望去，天空總是盤旋著許多渡鴉。自從瑞文回到靈郡的消息出現，渡鴉也就跟著日漸增加，給人一種很不祥的預感。

圖麗對這個在她小時就離開的兄長一點印象也沒有，她聽過很多關於他的傳聞，卻完全不知道他長什麼模樣、聲音聽起來是高是低。

從勞倫斯或其他教士口中說出來的瑞文，像是一隻埋伏在暗處的瘋狂野獸，就和她母親一樣，是讓所有人頭痛的危險人物。

小時候的圖麗對勞倫斯的話深信不疑，這個不知去向的兄長，對她來說簡直像童年陰影，她總會做和他有關的惡夢。夢裡瑞文會和母親一起追逐她，想要將她抓回去，然後塞回母親的肚子裡。

每晚她都在睡夢中驚醒，而勞倫斯會前來安撫她，泡杯熱茶給她喝——勞倫斯總是令她安心。

年長的男人曾經再三向她保證，如果瑞文真的回來，他絕不會讓他有機會接近她。他還發過誓，他會一輩子保護她、呵護她，只要她願意待在他的羽翼之下，她就絕對不會受到任何傷害……

妳現在依然相信那男人說的話嗎？

圖麗轉頭看向自己腳下，黑色的影子不斷延伸，在她面前形成那熟悉的女人身影。

影子的模樣詭異，總是唱著歌，說些不中聽的話，所以過去圖麗總是會告訴自己，那只是她幻想出來的影子而已。她會躲進棉被裡，閉上眼後遮住耳朵，然後告訴自己這一切都不是真的。

但今天的她只是靜靜地坐在窗臺邊，看著佇立在面前的影子。

「妳不是真的。」圖麗說。

影子詭異地抖動，她說話了，說得清晰流利。

我知道，我不過是妳所幻想出來的存在，但我也不完全是假的。我是妳的幻想，我不是別人，我就是妳。

圖麗沉默，她輕輕舉起手，影子也跟著舉起手。漸漸地，那個像大女巫一樣的影子逐漸又變得像自己的影子。

過去她認為那影子是母親的鬼魅，是揮之不去的惡夢，但那其實並不真的是虛構出來的想像，那只是她心裡的另外一個聲音……只是她以前從不願意承認。

但現在她長大了，她該面對自己的恐懼了。

「妳是我，我是妳。」圖麗放下手，影子跟著放下手。

妳現在依然相信那男人說的話嗎？

影子反覆詢問著同樣的問題，圖麗卻答不上話。

別忘記他藏在抽屜裡的東西。

敲門聲打斷了圖麗和自己影子的對話，隨著房門打開、光線湧入，圖麗的影子縮回她腳下。

「圖麗？」勞倫斯走進門來，一臉關心，「一個人在房間裡做什麼呢？」

「沒什麼，只是在發呆而已。」圖麗說謊，她很擔心勞倫斯會看出來她在說謊。如果勞倫斯發現她在和自己的影子對話，他會開始像對待達莉亞一樣對待自己嗎？

但勞倫斯只是在房間內左右環顧，最後走向圖麗，親暱地擁抱她。「身體還好嗎？」

圖麗依偎在勞倫斯的懷裡，這個像父親一樣的男人，他的懷抱還是很堅實溫暖，就像以前一樣。她用臉輕輕磨蹭他的胸膛，尋求慰藉。

別忘記他藏在抽屜裡的東西。腳下的影子卻仍然時不時地抽動。

「很好，我沒事。」圖麗瞄了眼身下的陰影，轉移話題道，「外面現在怎麼樣了？每天都有好多教士來來去去。」

勞倫斯沉默了片刻，厚實的大手放在圖麗腦袋上輕輕撫摸，像在摸小貓一般。

「不用擔心，我們正在處理，伊甸和教士們很快就會把所有紛亂處理完畢。」

圖麗本想開口探聽柯羅的近況，卻在勞倫斯提到伊甸後將話吞回嘴裡。腳下的影子又在不安分地抽動，甚至一度在勞倫斯的背後拉長，長大，彷彿要將男人吞噬。

「無論發生什麼事，你都會保護我、呵護我，不會讓我受到傷害，對嗎？」圖麗緊緊抓著勞倫斯，「無論發生任何事？」

勞倫斯沉默，圖麗看不到他的表情，也不敢看；在勞倫斯後方的影子越變越大，幾乎拉高到天花板，直到他輕聲說道：「當然了，無論發生任何事。」

圖麗緊緊抱住勞倫斯，她很想相信男人所說的話，可是自己的影子依然在他身後，如同燭影般搖晃著。

別忘記他藏在抽屜裡的東西，那本毒蛇給的書。

圖麗的心沉沉下墜，她拉住勞倫斯的衣服，剛想說什麼，勞倫斯卻鬆開懷抱，把注意力放到了窗外。

圖麗隨著勞倫斯的視線轉頭往窗外望去，陰雨天的靈郡竟然有好幾處角落起了硝煙和火光。

「最近一直都是這樣，外面發生了什麼事？」圖麗感到不安，總覺得在他們看不到的地方有什麼騷亂正在逐漸蔓延。

勞倫斯伸手將窗簾拉上，他從不讓圖麗煩惱這些。

「只是有些流浪男巫不聽話，我們很快會鎮壓下來的。」他俯身親吻圖麗的頭頂，「別擔心這些，妳乖乖待著，無聊就多看點書……我先去忙點事情，很快就回來，好嗎？」

圖麗點點頭，反正她哪裡也不能去。

不過在勞倫斯離開之前，她還是忍不住開口詢問：「柯羅呢？你們找到哥哥了嗎？」

勞倫斯頓了頓，他轉過頭，先是困惑，隨後又面帶微笑：「妳怎麼還是知道了這些事情？哪個侍女多嘴嗎？」

「是我好奇問的，不要怪侍女。」圖麗手裡緊握著木雕小鳥。

勞倫斯深吸了口氣，臉上的表情看不出情緒，只是像往常一樣溫和地說：「別擔心這些事，好好休息好嗎？等一切恢復往常，我再帶妳出去散心。」

圖麗沒得到她想得到的答案。

她只希望柯羅一切安好，約書有順利找到他們，因為勞倫斯想要的往常，絕對不是這些事情發生前的那個往常。

CHAPTER 3

我是男巫

伊甸開始感到焦躁。

銅蛇們遍布整條占卜巷的周邊地區，卻遲遲找不到獵物的身影。甚至，它們連約書的蹤跡都追不到。

派出去的銅蛇像無頭蒼蠅一樣，約書從教廷離開後它們就忽然追蹤不到他的身影，就像是隱形了似的。派人去黑萊塔查詢，得到的答案卻是約書從教廷回去之後就一直乖乖待在黑萊塔裡。

這其中一定有什麼古怪。

不過約書現在到底在做什麼不是他首要關心的事，重點是有情報顯示萊特一行人就在占卜巷附近，他們最後還是被他逼回了靈郡。

伊甸的計謀成功，只可惜當他到達現場時已經晚了一步，巷弄裡只剩下一群癱倒的教士，而且非死即傷。

現場似乎發生過衝突，確切發生了什麼事伊甸沒有線索，只知道萊特他們確實到過附近。

雖然派出了銅蛇去追蹤線索，但多數的銅蛇在追蹤到某處之後就一直在原地打轉，唯獨追蹤著萊特的那一群銅蛇，它們一直在巷弄內移動。

銅蛇們聞到了萊特的氣味，而且從反應來看，萊特一直都沒離開太遠，也沒有忽然消失，只是銅蛇們就是莫名地找不到他，而且都非常恰好地錯過抓住他的時機。

這麼幸運並不尋常，伊甸更加確定了自己的猜測——萊特有巫族的血統，而且按照他的巫力屬性，很可能和魔羊家有關。

銅蛇們滑過伊甸腳邊，它們抖動身體，低垂腦袋，一直尋找不到萊特似乎也讓它們感到相當挫折。

「別擔心，我們會抓住逃跑的老鼠，醜聞必須清理。」伊甸摸著銅蛇們的腦袋，仔細思索著該如何解決問題。

如果約書在他身邊，或許就會幫忙出些鬼點子抓老鼠。

「不，別想了。」伊甸搖搖頭，現在不是幻想這些不會成真的事情的時候。

假設約書真的在身邊，恐怕也只會勸他停手，勸他不要繼續沉淪……

沉淪？這算是沉淪嗎？

伊甸轉頭望去，可惜那個會和他辯論的人已經不在了。他站著，看著空蕩蕩的巷弄，只有他製作出來的銅蛇陪著他。

名譽、家族、頭銜——

別忘了你的榮耀。

伊甸的腹部深處傳來低沉的聲音，不斷提醒他記住自己的使命。

如果你需要，記住，我可以幫助你。

伊甸眨眼，蛇瞳收縮。

對，如果有需要，他永遠有牠可以尋求協助，並不需要約書的陪伴——

細小的幼蛇爬進伊甸腹內，毒液在腹部上留下痕跡，形成一圈又一圈的召喚陣。

伊甸輕按腹部，輕聲呢喃：「敲敲門。」

是誰在外面？

「是伊甸，偉大的利維坦。」

你想要什麼呢？

「找到萊特，找到他。」

渾身沾滿泥巴的教士鬼鬼祟祟地翻進一戶人家的後院，他在地上滾了一圈後，以滿分的姿勢站起。

「稱讚我啊，我落地滿分耶。」萊特對著肚子裡的東西說。

用那麼蠢的姿勢落地，我為什麼還要稱讚你？從蝕的聲音就可以感受到牠臉上的嫌惡。

「不然你在我的肚子裡有什麼用處，而且你不是很愛講話嗎？為什麼這時候不說了？」萊特看著自己的肚子問。

蝕很吵。

在蝕進入自己的腹部之後，萊特第一次體會到柯羅一直以來的感受。原來使魔會在腹部裡扭動，會造成疼痛，而且還超級愛說話，像個討厭鬼一樣不停地騷擾宿主。

萊特這下終於能夠明白為什麼柯羅有時候會忽然暴怒、耍陰鬱，或對著空氣說話了——原來一直以來問題都來自這傢伙。

柯羅究竟是怎麼一個人撐過這麼多年的？想想就覺得心疼，萊特捂著胸口。

如果你一頭栽在地上，我可能還會稱讚你，嘻嘻。

尤其蝕又是一個討人厭的刻薄鬼。

萊特雙手插腰，低頭對著蝕說：「你好爛喔，難怪柯羅討厭你。」

我又不需要他喜歡。

「你看看人家柴郡多好，多可愛，你咧？刻薄、小氣、吃東西的模樣又很醜……」

只不過萊特可不是柯羅，他沒這麼會忍耐，況且要論愛講話的程度，萊特自認可以贏過全世界的鸚鵡。所以在發現愛講話的蝕會造成困擾之後，萊特決定反其道而行，既然蝕愛說話，那麼也應該要愛聽他說話吧？

「還有，你到底為什麼愛吃其他使魔的肉體？聚魔盒的關係嗎？還是你純粹有這種癖好？你還是烏鴉寶寶的時候受過什麼創傷啊？你有小時候嗎？還有……」

萊特一個人嘰哩呱啦地問個不停，連讓蝕回應的時間都沒有，終於，使魔在安靜了幾秒後從他肚子裡爆出大吼：閉嘴！你能不能稍微安靜一下！

「是你要跟我說話的。」萊特一臉莫名其妙。

明明就是你……

蝕說到一半就決定不說了。身為強大的使魔，牠第一次感受到一開口說話可能就要聽宿主沒完沒了廢話的壓力。

蝕是真的開始有些後悔和柯羅交易了。

「如果你能吃些更健康的東西有多好？你們就不能吃些蔬菜水果之類的就夠了嗎？」萊特沒有理他，一邊小聲碎碎念著，一邊小心翼翼地匍匐在別人家後院裡移動。

這家的主人正忙著在屋內準備下午茶，萊特注意到他們家後院遮棚下晒著乾淨的衣服，他躡手躡腳地走過去。

身為教士做這種事情好嗎？小偷。

蝕才安靜不到幾秒又開始說起話來，萊特也不煩，就陪他說話：「我之後會寄錢給他們的，而且我需要沒這麼顯眼的新衣服。」

萊特身上的教士服又溼又臭，而且浸飽了雨水，走在街上又特別引人注目，就算再幸運，他的超能力也不是隱形。

「是時候脫下這身教士袍了。」萊特說。

確實，畢竟肚子裡都有隻使魔，似乎沒資格繼續穿著那身教士服了。蝕語帶諷刺。

「難得我們算是有共識。」萊特卻一臉無所謂地說。他在衣服堆裡找到了一件黑色大衣，款式就和柯羅身上的那件相似。

萊特看著手上的黑色大衣分神，他已經獨自逃跑了一段時間，身上又冷又溼，肚子還餓得咕嚕叫。現在腦海裡又浮現柯羅離開時的冷漠表情，他不禁悲從中來，鼻酸嗚咽著就想掉眼淚。

「嗚……柯、柯羅，我好、我好想你。」

拜託你不要在這裡哭，拜託。

我真的很想殺掉你。

萊特把臉埋在大衣裡，都還沒哭多久，便有東西拉了拉他的褲腳。

他低頭，只見一個穿著黑色西裝、看起來像個迷你版夜鴉男巫的孩子，正坐在三輪車上吃棒棒糖，張著好奇的大眼看著他。

萊特嚇了一跳，看起來不過四、五歲大的孩子倒是沒大驚小怪。

「教士叔叔你在幹嘛，為什麼哭？」孩子問。

萊特抬頭看了眼屋內，孩子的父母還在廚房裡忙碌，而他這才注意到這家人門口掛著友善巫族的旗子。

孩子似乎是被一個人丟在庭院裡騎著三輪車玩。

「是美好友善的男巫葛格喔。」萊特收回眼淚，他脫下一身泥濘的教士服，隨手抓了件襯衫，再套上那件黑色的大衣外套。

「你不是教士，而是男巫嗎？」孩子張大眼，眼裡有著星星月亮。

「我是教士，也是男巫啊。」

你才不是，只是個半吊子而已。

沒有理會酸言酸語的蝕，萊特蹲下來拍拍孩子的腦袋，「只不過從今天開始，我決定要當男巫了。」

「這個是可以自己決定的事嗎？」

「有什麼是不能自己決定的事呢？」

「喔喔喔酷喔。」孩子露出了好像有道理的表情。

明明就有一堆，你這是有毒的心靈雞湯，會害死這孩子的。蝕則是這麼表示。

「不過，我正在進行祕密任務，所以可以的話能幫我保守祕密嗎？不要跟爸媽說。」萊特用食指抵著嘴，但帥沒兩秒肚子就發出咕嚕咕嚕的慘叫聲。

蝕在萊特的肚子裡翻白眼，孩子很好心地將嘴裡的棒棒糖塞給萊特，還直接塞進嘴裡。

雖然有點噁心但盛情難卻，萊特勉為其難地含著棒棒糖，拍拍孩子的腦袋。

「謝謝你的糖果，祝你好運。」他還順便塞了幾張皺皺的紙鈔給孩子，當作衣服的賠償。

可以走了吧？我總覺得有股臭味正在附近瀰漫開來，遠離比較好。蝕忽然說。

「臭味？」萊特皺眉。

走就對了。

「我能相信你嗎？」

不然你還能相信誰？

「好吧。」

孩子一臉困惑地看著萊特自言自語，萊特看了他一眼，最後一次拍拍他的腦袋。

「最近外面很危險，乖乖聽爸媽的話待在家裡，等放晴了再出門，知道嗎？」

孩子點點頭，看著像聖誕老人一樣，只不過是翻圍牆還偷東西版本的「男巫」，在拍完他的腦袋後就像一陣風一樣地離開。

隨後，天上開始下起大雨，彷彿是離開的男巫拉走了天空中最後一點點的光芒。

遵守和男巫的約定，送出棒棒糖的孩子一臉失落地騎著三輪車回到屋內，他什麼也沒說，只跟父母說他不小心弄掉了棒棒糖。

結果非常幸運的，為了安慰他，父母又在他的鬆餅上多放了球冰淇淋。男巫大概是真的帶來了好運，孩子心想。

一家人和樂融融地在餐廳裡享用下午茶，沒人注意到陰溼的後院內有幾尾白色的毒蛇鑽入，牠們像藤蔓一樣爬過每處萊特經過的地方，並且蜿蜒地往他離開的方向爬行而去。

蜷縮在房門前，寂靜和黑暗淹沒了柯羅，他將臉埋在手臂裡，腦中依然不斷回憶著那些景象。

湖裡、帳篷、獅心大橋上。

但無論他怎麼回想，最重要的部分始終沒有出現。

理智告訴柯羅，萊特當時就在那裡，他在那裡，可是他做了什麼，說了什麼，柯羅完全不記得。柯羅感到挫折，那似乎是些很重要的回憶，可他就是不記得了，這讓他感到難受。

袖子被浸溼，柯羅抹了把臉後抬起頭來，注意到自己那件被掛在衣架上的大衣外套。他起身，開始四處摸索外套口袋。

他的大衣口袋裡沒剩什麼有用的東西，圖麗給的小鳥已經完全碎裂，而除了碎裂的木塊之外，唯一剩下的就是幾張被折成烏鴉形狀、亮晶晶的糖果包裝紙。

萊特知道他喜歡將亮晶晶的包裝紙收藏起來，壓在辦公桌底下，所以總是會特地替他蒐集漂亮的糖果，還會幫他把糖果紙摺成烏鴉的形狀。

柯羅總是嫌萊特白痴和雞婆，但他其實很喜歡，只是從來沒有說出口。

萊特上次給他糖果都是多久以前的事了呢？

柯羅看著手中的糖果紙，腦海裡終於浮現萊特每次摺好烏鴉時那種期待他稱讚的表情，清清楚楚，明亮又溫暖……他還有機會再看見這樣的表情嗎？

柯羅垂下眼，窗外的一記響雷和渡鴉啼叫將他喚回現實。他抬起頭來，身旁沒有纏著他的萊特，只有站在窗外監視他的渡鴉。

柯羅默不作聲地將手上的糖果紙隨手塞回口袋，穿上大衣，假裝那只是一團無用的垃圾而已。

深吸一口氣，柯羅努力讓自己的情緒平復下來。雖然被吃掉了那些重要的回憶，但是對他來說最重要的目的已經達成，蝕現在在萊特身上，而且是被餵飽又力量充足的狀態，那表示萊特被賦予了一定的力量。

只要萊特能好好使用蝕，至少能確保他有能力對抗任何威脅。

柯羅握緊拳頭。

所以眼下該擔心的並不是萊特，而是自己。在心裡這麼告訴自己後，柯羅默默地走到窗邊，打開窗戶。

渡鴉拍了兩下翅膀，嘎嘎叫著。

「我冷靜下來了，我們談談可以嗎？」柯羅對著渡鴉說。

渡鴉盯著柯羅，沒過多久便飛離窗戶，不到幾秒鐘的時間，原本緊閉的房門便自動敞開，彷彿在迎接他走出門似的。

柯羅遲疑了片刻，他摸著口袋裡的糖果包裝，隨後邁開步伐走出房門。

走廊上，他的影子走在前面，像是在帶路一樣指引著他往前。柯羅有股被強迫拉扯的不快感，可是他並沒有抗拒，而是乖乖配合。

他一路來到陌生的餐廳，還沒進去就先聞到了甜甜的食物香味，而門一打開，就看見瑞文坐在餐桌前，桌上是一堆豐盛的食物還有大量的鬆餅。

柯羅的心往下沉，因為那讓他想起一些往事，一些他曾經在地獄裡回顧過的景象——瘋狂的母親以及被關在房間裡替他承受母親虐打的瑞文。

「柯羅，好點了嗎？」瑞文像沒事般地詢問，他身旁的椅子自動拉開，好似在邀請柯羅入座。

「這是什麼？」柯羅問。

「肚子餓了吧？送到你房間的早餐又被你砸了，你需要吃點東西。」瑞文溫和地微笑，彷彿今天早上他根本沒威脅過要對萊特不利。

柯羅皺起眉頭，站在餐桌旁，遲遲沒有坐下。他猶豫片刻後說道：「我不是在說這個，我的意思是，你明明就很討厭鬆餅，那件事情發生之後你就沒有再碰過鬆餅了。」

「你竟然還記得這件事。」瑞文做出驚訝的表情。

柯羅的眉頭越皺越深，因為瑞文很明白他根本無法忘記。

或許他對於瑞文殺了這麼多人、做了這麼多瘋狂的事之後拋下他們離去感到憤怒，甚至對於他可能會回來奪走蝕和聚魔盒這件事感到恐懼。

不過他對瑞文的情感並不是一味的只有憤怒和恐懼而已，同時也帶著歉疚。他歉疚自己在瑞文遭遇母親狀態最差的那些時刻之時，自己一點忙也幫不上。

有時候他會自責，瑞文所做的一切，是不是真的都因自己而起。

「別擔心，雖然我已經不碰了，但我記得這是你喜歡的食物，所以當然要替你準備啊。」瑞文笑瞇了眼。

「你……」

是想替我準備，還是想引起我的內疚呢？

這句話柯羅沒有問出口，也不能問。

此刻的他不能與瑞文起衝突。

先前的衝突讓柯羅想清楚了一件事。就算擁有蝕，現在的萊特也不是完全安全了，如果他輕舉妄動，隨時可能會害萊特遭受瑞文的報復。

而回到自己身上，現在的他什麼都沒有，瑞文肚子裡卻有著一隻無比強大的使魔，聚魔盒也落到他手上。他若是想和瑞文拚命，那絕對毫無勝算。

任何莽撞行動都只會害到萊特。

「怎麼了？」瑞文問。

「沒什麼。」柯羅強迫自己冷靜，他妥協地坐在瑞文身邊，即使光是眼神接觸都讓柯羅感到坐立難安。

柯羅默默地拿起刀叉，用起餐點來。瑞文見狀似乎很高興，他自己也拿起刀叉，切著盤中半生不熟的牛肉。

「真是讓人懷念，記得我們以前也常這樣聚在一起用餐嗎？然後用餐完我會陪你去院子裡玩躲貓貓，你那時候還是個愛玩的孩子。」瑞文笑著說。

柯羅頓了頓，記憶太遙遠，可能也被蝕吃掉太多，他所能回想起的都是些不好的回憶。

他一個人獨自用餐，總是吃著垃圾食物，真要說在餐桌上有什麼美好的回憶，大概也只有在萊特出現之後，他們曾經和丹鹿以及謝汀一起用過下午茶。

那次其實很開心……但他同樣來不及告訴當時主辦茶會的萊特，甚至還罵了他白痴。

「柯羅？在想什麼？」瑞文又打斷了柯羅的思緒。

柯羅不敢說實話，也不能。

「只是在回想過去。」他繼續裝出一副無所謂的態度用餐。

「你也很想念，對嗎？」瑞文問。

想念嗎？不，一切都不同了，瑞文所造成的傷害太大，經過這麼多年的心理折磨，柯羅已經不再懷念過去，還沉醉在過去的可能就只有瑞文而已。

他心裡這麼想著，不過並沒表現出厭惡或任何不滿。

相反的，柯羅繼續動起刀叉，淡淡地說了句：「是啊，讓人懷念。」

這是謊言，但柯羅已經決定了，既然不能輕舉妄動，那就乾脆順著瑞文的意思去做。取得瑞文的信任、不觸怒他對付萊特，這可能是他現在唯一能做到的事情。

此外，他還有一些事情必須搞清楚。

「你再等等，等圖麗也回來之後，我們極鴉一家就圓滿了。」瑞文開心地說道，似乎光是柯羅一個簡單的回應都能取悅他。

「你真的認為圖麗會想回來嗎？她已經在教廷生活很久了，萬一她不想呢？」

「她會的。」

「你怎麼能確定？先別說你了，她甚至連對我都很陌生。」

「我會說服她的。」

「你要怎麼說服她，她在那裡過得很好，她……」

瑞文放下刀叉，原本神情愉悅的臉一下子變得嚴肅，「不，柯羅，你真的認為她在那裡過得很好嗎？難不成你認為達莉亞以前也過得很好？」

「她曾經過得很好。」

「曾經，然後呢？你忘記他們對達莉亞做了什麼事嗎？」瑞文從懷裡掏出聚魔盒，重重地放在桌上。

這是柯羅在時隔這麼多年後，第一次仔細看母親的聚魔盒。

聚魔盒並不如想像中的血肉模糊或猙獰，銜蛇男巫好好地改良過了，用達莉亞的子宮做成的聚魔盒看上去就像有著小巧機關的精緻珠寶盒，沒有一點血肉的成分。

「很漂亮，對吧？把聚魔盒做成這樣，就好像他們沒做過摘她子宮這種壞事一樣。」瑞文邊說，邊把玩著聚魔盒。

柯羅只覺得反胃。

「瑞文，你想說什麼？」

「我想說的是，當初他們是怎麼對待達莉亞，就會怎麼對待圖麗。你認為這種事情不會再發生一次嗎？」瑞文問。

柯羅答不上話，這種可能性他無法完全否認。一直以來他都僥倖地認為，只要聚魔盒還藏在自己身上，教廷就束手無策。他們會記取上次的教訓，好好地對待圖麗，因為圖麗會是他們掌權的最後希望。

就算自己一輩子都必須在教廷的壓制下當個做牛做馬的男巫也無所謂，只要圖麗能過得好就好了，柯羅一直是這麼認為的。

但就如同瑞文所說的，教廷真的會記取教訓嗎？還是歷史只會再度重演而已？

「別忘了銜蛇家的伊甸也在虎視眈眈，他不可能會放棄這個機會，他是毒蛇家的人。」

確實，伊甸已經逐漸步上他父親的後塵……

柯羅抬起頭來看向瑞文，不得不說，他動搖了。瑞文說的不是完全沒有道理。

「我們必須從教廷那裡搶回圖麗，她是我們親愛的小妹，難不成你希望也看到她淪落到這種下場？」瑞文伸手牽住柯羅的手，柯羅渾身僵硬，但他沒有推拒。

萬一瑞文所說的是真的呢？

萬一圖麗也像達莉亞一樣成為了教廷的犧牲品呢？

「我當然不希望這種事情發生！」柯羅握緊拳頭，這是他的真心話。說什麼他都絕對不可能讓曾經發生在達莉亞身上的事發生在圖麗身上。

聞言，瑞文握緊了小弟的手，他前傾身體，幾乎整個人籠罩在柯羅之上。

「那麼就跟我一起去將她從教廷手上搶回來，圖麗是屬於我們極鴉家的女巫，家族應該團結，不是嗎？」

看著如陰影般的瑞文，柯羅沒有退縮，他咬緊牙根，沉默片刻後開口問道：「但你打算怎麼做？先不說圖麗的意願好了，她被教廷重重保護在白懷塔內，你想單槍匹馬去突破重圍嗎？你會被抓起來，再次進行異端審判的，瑞文。」

得到的回應不是馬上否絕，而是疑問，這讓瑞文忍不住勾起嘴角。

「你在擔心我嗎？」

柯羅沒有說話。

「別擔心，我回來靈郡後不只是到處遊玩而已，你認為我找上朱諾幫忙是為了什麼呢？」瑞文親暱地摸了摸柯羅的腦袋，彷彿他還是從前那個照顧人的大哥。

柯羅思索著這些天來發生的事，他抬眼看著瑞文，「這麼多莫名出現的紛爭和混亂，還有流浪巫族的動亂……你找上朱諾，是為了召開巫魔會煽動這一切，讓我們疲於奔命嗎？」

「是他們，柯羅，他們。」瑞文糾正柯羅的說法，「你已經不是黑萊塔的男巫了，不要把自己看低成跟他們一樣的人。」

「瑞文，回答我的問題。」柯羅只是重申。

瑞文微笑，「你很聰明，小弟。是的，我確實是要讓教廷疲於奔命。」

「你想把那些駐守在教廷的人力分散掉……」柯羅說。

「是的，我讓他們分心去處理那些巫族一直以來蘊藏的憤怒，他們也是時候面對了吧？」

從頭到尾，瑞文這趟回來的主要目的都不單是報復教廷。搞出那麼多事、這麼多動亂，只是為了讓教廷分心，讓教廷的防衛鬆懈。瑞文真正的目的不在洩憤，而是想製造缺口，讓自己有機會突入教廷的防線、帶回圖麗。

就像瑞文說過的，他有東西想從教廷手裡奪回，而那些東西指的就是他所有的家人，柯羅、圖麗，包括放置在桌上的聚魔盒——母親的子宮。

「你想要趁機進入教廷帶回圖麗，是這樣嗎？」

「是的。」瑞文握緊柯羅的手，將臉靠在他的手背上，「原先我還在等待適合的時機，正好你們內部又起了衝突，還出現了個教士和女巫的禁忌種，將事情弄得更混亂，也算是幫了我一把。」

柯羅想縮回手，但他沒有動作。

「現在我有你、有聚魔盒，還有足夠強大的使魔們……只要等待適當的時機，我們就能去帶回圖麗。」瑞文說，「一旦沒有圖麗、沒有使魔，教廷就什麼都不是了。」

「什麼時機？」柯羅問。

瑞文沒有回答，他只是抬起頭問：「你會幫我、幫圖麗的，對嗎？」

「我不知道，瑞文。」柯羅眉頭深鎖。

「和我一起去帶回圖麗，只要家族團聚在一起，我們可以重建起靈郡的秩序，回到白鴉協約簽訂前的狀態。巫族將會因為我們重新壯大，我們不會再受到教士或普通人的歧視與欺壓，我們會成為最強勢的族群，難道你不想變成這樣嗎？」

柯羅低著頭，曾經的他不是沒妄想過這件事。受夠了被歧視、被欺凌，希望破除協約的約束，乾脆離經叛道地獨立於教廷之外……就和離開的瑞文一樣。

只是事情在萊特這傢伙出現之後有了不同。柯羅想著口袋裡的糖果紙，想著萊特，他低下頭，臉卻被瑞文抬起。

「柯羅，聽哥哥的話，你不希望我們家族團聚嗎？」瑞文眼裡全是滿滿的情緒，期盼的、渴望的、脅迫的。

「可是帶回圖麗要付出多少代價？我們會與整個教廷為敵的。」

「但到時候我們一家就能在一起了，我有圖麗、有你、有聚魔盒，別忘了還有我們肚子裡的東西……」

柯羅瑟縮，瑞文還不知道他和萊特之間的祕密，他也不能讓他知道，即便隱藏這個祕密可能會讓自己暴露在危險之下。

「任何阻礙我們都能夠一起剷除的，相信我。」瑞文用拇指輕輕磨蹭著柯羅的臉，「你說是不是？我們已經足夠強大，是時候去奪回屬於我們的一切了。」

柯羅沉下臉，看著瑞文心意已決的模樣，他明白自己沒有退路了。

「如果我跟你去，和你重建家庭，你會願意放過其他人嗎？」柯羅問。

「你要求的事情，我有沒辦到過嗎？」瑞文只是摸摸柯羅的腦袋這麼說。

CHAPTER 4

毒蛇猛獸

萊特剛走上大街就立刻折回了小巷弄內。

靈郡大街上到處都是武裝的教士，他們在每個大路口盤查路過的行人，一一檢查身分。

雖然已經變裝了，但萊特還是免不了得不停變換方向，鬼鬼祟祟地穿越民宅和抄小路，為的就是避開教士們的搜索。

然而不間斷的逃跑已經讓萊特感到疲倦，他的幸運雖然讓他在許多巧合之下都恰好避開了追捕，但這種幸運似乎也正慢慢消耗殆盡。

萊特在巷弄內折返時踩空一腳，直接從樓梯上滑倒，摔落在地。

上頭一批教士經過，正好沒注意到滾落樓梯底部的他。

在地上痛得齜牙咧嘴的萊特費了好大功夫才爬起來，好不容易借來的衣服又被泥水弄髒。摸著摔痛的手肘和膝蓋，即使樂觀如他，也第一次感受到了強烈的挫折。

說是要去找柯羅，可是萊特根本不知道從何找起，他只是在處處危險的靈郡裡胡亂打轉而已。沒有目標，他的幸運根本不知道從何用起。

「可惡……」萊特捶著地面，很努力忍耐才沒又哭出來。

你是個白痴。蝕依舊在那邊酸言酸語。你這樣只是在白白消耗自己的巫力而已，是不是很累，很辛苦？

確實是很累很辛苦，不是體力上的不足，而是一種心裡被逐漸掏空的感覺。使用巫力原來也不像想像中的這麼酷炫、這麼有趣。

趴在地上的萊特想起柯羅、威廉、榭汀和絲蘭，原來他們在施展巫術時也是這麼難受嗎？所以男巫們的個性才變得這麼不容易相處？

你應該直接召喚我，你知道我可以把那群教士吞掉對吧？你想要我吞幾個，就能吞幾個。蝕說。

不，仔細想想，他們個性會這樣要嘛天生的，要嘛還是因為肚子裡的東西在搞鬼。

「我才不要，你這樣會害我變成罪犯。」萊特嚴正拒絕。

你不是早就是罪犯了嗎？你這個不三不四的混血雜種。蝕說。

「你才是不三不四的……烏鴉和王八蛋混合的奇怪禽獸？」萊特不太確定要用什麼措辭，他翻過身來，看著灰濛濛的天空。

天上就是不願意放晴。

「別以為我不知道你在打什麼主意，你想要我放你出來，這樣你既可以吃人，又可以吃掉我的美好記憶。」

是啊，我確實有這個打算，你怕了嗎？但你知道你遲早必須放我出來對吧？

「我放你出來，又要你回去的話，除非你自己主動提出，不然如果不給你吃東西，我是沒辦法強制請你回我肚子裡去的，對吧？」萊特提出疑問。

對，我會像暹因那隻臭貓一樣一直掛在你身邊，但我沒牠這麼會撒嬌，我可能會因為肚子餓吃掉你的手指。

萊特望著天空，不知道在想什麼。

如何？要不要嘗試一下？蝕還在循循善誘。

萊特沒有回應，他閉上眼睛深呼吸著，彷彿要放棄一切，在這骯髒的石板地上躺到天荒地老——直到附近出現了「叮」的一記聲響。

鈴鐺聲。

萊特倏地坐起，他開始憑直覺往巷弄深處鑽，走過高高的樓梯，再從廢棄的屋頂陽臺跳躍到另一座廢棄屋頂的陽臺之上。

你在做什麼？蝕問。聞到丟下你的主人的氣味了？

「閉嘴。」

萊特站在陽臺上向遠處望去，幾條街外的街道附近燃起了熊熊大火，消防車和救護車正往那排房屋移動，而現在只要聽到有火災就會異常敏感的教士們，也紛紛往失火處移動。

萊特躲在陰影下，看著白衣服的教士像洪水一樣往不尋常的起火處流動，幾個身穿黑衣及西裝的人卻和他一樣，趁機從陰影下竄出。

他們正跟隨著萊特所聽到的鈴鐺聲前進。

一個在還算寒冷的天氣裡穿著短袖短裙的少女，拿著鈴鐺在小巷裡走著，像吹笛人一樣，只是後面吸引的不是孩子，而是一群身穿黑衣或西裝的男人。

萊特知道那是怎麼回事。

沒有猶豫太久，他將外套的兜帽戴上，在這群人消失於某棟廢墟之前追了上去。

萊特的猜測沒有錯，鈴鐺聲和少女是巫魔會的引導，當他混在那群流浪男巫裡走進荒蕪的廢墟後，他們一下子從荒涼的大樓進入了熱鬧的宴會廳。

虛假又真實的巨大月亮、一隻銅鑄的黑色巨牛，一切都是這麼的熟悉。

唯一有變化的，就是那站在臺上的主持人。

朱諾手持酒杯站在上頭，聚光燈全打在他身上，他看上去非常享受自己一個人主持整場巫魔會。

賽勒如果知道，八成會氣到再全裸一次。

萊特待在角落，努力變得更加不顯眼，他沒想到自己竟然誤打誤撞闖進巫魔會裡。

看來他的幸運還沒完全跑掉，萊特心想。他忍不住左右張望，因為朱諾會出現在這裡的話，是否表示瑞文和柯羅可能也在現場？

「歡迎大家再次光臨本人舉辦的巫魔會……」朱諾穿得花枝招展，在臺上侃侃而談。

臺下的男巫們全都聚精會神地聆聽著，唯獨萊特一個人還在左顧右盼。其中一名流浪男巫似乎注意到他的不尋常，轉頭過來瞥了他一眼。

萊特緊緊拉著帽沿，一臉不好意思地陪笑，他希望對方沒有認出他來。

白痴。肚子裡的蝕說道。

好在有關於他身分的事情目前大概只有在教廷內部傳播開來，流浪巫族們大概對於他這個幫助柯羅他們逃跑的教士不大有興趣，也認不出他，所以對方很快就轉過頭去。

「相信大家都知道最近形勢嚴峻，教士們一直想將我們斬草除根，已經完全違反了白鴉協約的宗旨。」朱諾依然在臺上振振有詞地說著，「就算我們不是協約範圍內的家族，維持和平是本來就該有的默契，但既然教士們想破壞這個默契，那我們也不應該再默默忍受。」

朱諾在臺上說得激動，臺下也跟著激動歡呼。

所以原來朱諾和瑞文一直私下舉辦巫魔會，就是在鼓吹流浪男巫們暴動嗎？萊特心想，這種情勢將會對教廷越來越不妙，只是他現在沒有空替教廷擔心。

他逡巡了整個巫魔會的場地一圈，依舊沒有看到瑞文和柯羅的身影。

可惡，難不成他的幸運能力失效了？

「是時候了巫族們！我們應該反抗，用行動表達，讓他們知道我們不會再坐以待斃，白鴉協約只是一張沒用的廢紙而已。

「靈郡應該重回巫族的掌控之下，人們該敬畏巫族，而非輕蔑巫族。

「請加入我們！一起重新清洗整座靈郡吧！」

朱諾喊著，每個流浪男巫也都跟著叫囂。

已經埋藏在靈郡裡許久的憤怒和不滿，眼看著都要一次爆發出來，萊特心裡一沉。

果然，下一秒他就聽見朱諾宣布：「我、以及血鴉瑞文，接下來將會偕同夜鴉柯羅血洗教廷。我們將帶走極鴉家的大女巫，讓巫族與教廷從此正式決裂。請諸位在各地點燃烈焰，協助我們對靈郡進行真正的清洗！」

萊特腦袋亂哄哄，耳邊一直發出嗡鳴。

柯羅？清洗教廷？

終於聽到了柯羅的名字，卻沒想到是在這種情況之下。看著身旁熱烈歡呼的一眾男巫，萊特渾身冒著冷汗。事態的走向很不好，柯羅在裡頭扮演的角色一定是被脅迫的。

他必須警告教廷，警告黑萊塔的男巫們。

可是，教廷內會有人相信他嗎？而且他現在根本無法和黑萊塔的人碰面。

除此之外，真正讓萊特感到憂慮的是，被牽連的柯羅身上根本沒有使魔，瑞文可能還不知道這件事；如果瑞文硬要將他拖進與教廷的紛爭裡，那對柯羅來說會是件非常危險的事。

柯羅有很大的機率可能會為了保全他，一直死守住蝕不在身上的祕密。

「不行……」萊特焦急了起來，他不能讓柯羅冒這個風險。

就在他想破腦袋思索著接下來該怎麼做時，臺上的朱諾忽然高舉雙手，遏止男巫們的歡呼，他似乎還有事情尚未轉達完畢。

「另外，還有一件事。」

萊特抬頭仔細聆聽，希望朱諾接下來要透露的是柯羅在哪裡的訊息，但他怎麼也沒料到，下一秒聽到的竟是自己的名字。

「萊特・蕭伍德。」

被點名的萊特嚇了一跳，朱諾身後的牆則是爬出一堆蠍子，牠們齊聚在牆面上，動作整齊劃一，直接將萊特的模樣排列出來。

看見自己的臉大大地浮現在牆上，萊特不自覺地將兜帽拉得更低。

「這個傢伙，在我們與他交手後發現，他既是教士，同時卻擁有巫族的血統……他是魔羊家的後代，卻羞於承認自己的身分。」

羞於承認自己的身分？他知道自己的身分才沒多久而已耶！而且就在剛剛他還毅然決然地要成為男巫了，朱諾居然敢說他羞於承認自己的身分？

萊特忿忿不平，很想大喊出聲，可狀況不允許。而臺上的朱諾依舊在那裡高談闊論，好像事情發生的時候他本人就在現場一樣。

「他為自己的身分感到羞恥，因而成為教士，正在協助教廷一起對巫族進行迫害。」

說謊！才沒有！萊特抱頭，剛才看了他一眼的流浪男巫正低頭和其他男巫竊竊私語，也不知道是不是在討論他很眼熟。萊特下意識地開始尋找逃生出口。

「這種人是最不能原諒的。所以同伴們，如果在靈郡碰上這傢伙，請務必不要手下留情。」朱諾說，「你們可以抓住他、折磨他，但看在巫族的血緣上，請饒恕他一命。」

他發出訕笑聲，底下的男巫們也跟著訕笑起來。

擠在角落的萊特渾身不自在，他轉身想找尋離開的出口，一隻手卻搭上了他的肩膀。

「你是哪裡來的，我好像沒見過你。」剛剛的男巫抓住他，有幾個人圍了過來。

「我、我……我是從甜湖鎮來的，知道嗎，甜湖鎮？」萊特隨口瞎掰，他的兜帽卻在下一秒被人扯掉。

他平常很自豪自己亮晶晶的髮色，但在此時此刻，這麼顯眼的髮色就不太妙了。

一群男巫看著他，又看向牆上蠍子排出的肖像畫，他們茫然地回頭看著他，雙眼隨後越張越大。

「他在這裡！萊特．蕭伍德！」

巫魔會中的男巫們紛紛轉過頭來，包含正站在聚光燈下的朱諾。

萊特尷尬地笑了笑，一轉頭卻發現臺上的朱諾也正對著他微笑，態度又踐又挑釁。他瞇起眼，直到這時候才忽然意會過來，他會闖進巫魔會可能不是幸運或偶然，而是這場巫魔會本身就是一座巨大的老鼠籠，在等著他踏入陷阱。

萊特就這麼一腳踏進來，毫無防備。

「抓住他！」臺上的朱諾高喊，「記得可以折磨，但要留一條小命！」

話音剛落，萊特身旁的每個男巫都伸長了手要抓他。還好萊特夠靈敏，他蹲低身體，要抓他的那些男巫抓都到了其他動手的男巫身上。

巫術可能還不太會使用，但萊特畢竟當年在神學院還是繼小仙女學姊之後近戰第一名的優等生，他衝撞擠上來的男巫，一腳絆倒對方，過肩摔在其他人身上。

但男巫們前仆後繼，擺放在牆上的酒瓶也開始砸向萊特，萊特勉強閃過幾支，全都砸在衝過來的其他男巫身上。

酒水濺溼了萊特的身體，他不斷刁鑽地跳上桌子逃竄，男巫們也一一暴力地掀翻桌椅，想讓他無處可跑。

因為倒塌的桌子而摔落在地的萊特，像滑壘般滑落在地，桌子卻擊中了一旁的其他人。餐具、酒瓶不斷在萊特腦袋上炸開，但就是剛剛好全都錯過了他。

「一群白痴……」臺上的朱諾搖頭，他正要出手，蠍子們卻簇擁到他身邊。

蠍子們團團聚集在朱諾面前，牠們的尾針高高翹起，彷彿在準備應付什麼可怕的敵人。

朱諾抬頭一看，天上的月亮正在消褪，他所建構出的富麗堂皇巫魔會也逐漸在剝落。

「哈，有其他髒東西想鑽進來是不是？」朱諾安撫他的蠍子們，看著正身陷混亂之中的萊特和其他男巫，他想了想，最後咧嘴笑了，「我看我們就省點力氣，讓其他人去代勞吧？」

也不管場面現在有多混亂，火焰是不是開始在整場巫魔會中蔓延燃燒，朱諾轉身就拍著手直接離去。

啪啪幾聲掌響，隨著朱諾的離去，四周的景物也應聲崩塌剝落。

燃火的布簾掉落在萊特面前，沒燒到他，卻絆倒了縱火的男巫；萊特再次躲過攻擊，身體心裡卻能感覺到疲憊，他知道自己的幸運可能持續不了多久。

叫我出來啊。蝕還在幫倒忙。

「不，不是現在。」

你怎麼跟柯羅一樣，你想死在這裡嗎？蝕的話剛說完，碎石飛來，差點砸中萊特的臉，只是萊特剛好被東西絆倒在地。

摔在地上的萊特，眼中映著正準備落雨的天空，他轉頭張望，這才發現巫魔會已經消失，他又回到了原本的巷弄之內。

不過巫魔會消失了，朱諾也沒有要追殺他的意思，那些聽信挑撥追逐著他的男巫卻沒有放棄。萊特摸著摔痛的腦袋，溼潤的額際上一片通紅，不知道是紅酒還是血液。他忍著疼痛坐起身，只見一群穿著西裝黑衣的陌生男巫圍著他，把他整個人堵在角落。

情況艱難得讓萊特差點笑出聲來，真是沒料到自己會有這樣的一天，不僅不受到教士待見，現在連男巫也要追殺他。

該是時候了，萊特，你想被這群傢伙吊起來虐打嗎？你明明身上有更強的武器。蝕催促著，召喚陣的圖形不斷在萊特腦海中閃現。

看著不斷逼近的男巫們，萊特也知道自己沒有退路了，乾脆賭一把，他就……

才剛要站起身，身下絆了萊特一腳的東西卻忽然竄動，溼黏黏活生生地纏上萊特的腳踝，並將他捲起。

「什麼東……」

萊特往腳下一看，纏在上頭的竟是一尾有雙白色眼珠、身上布滿白色鱗片的巨蛇。

原來臭味是從這裡來的。他體內的蝕嘖了一聲。

在見到那尾白色的巨蛇後，有幾名男巫似乎意識到了危險，沒有多做停留，很乾脆地轉身盡速離去。

另外幾名男巫卻仍然停留在原地，那個一直在移動酒瓶和碎石攻擊的男巫還在彎腳地朝他砸石頭。沒有用運氣，純粹憑實力躲開的萊特在空中扭動，結果碎石砸中了巨蛇的眼睛。

巨蛇發出憤怒的嘶嘶聲，牠的尾巴開始抖動，一不小心把本來捲著的萊特放掉了。

落地的萊特看著巨蛇拍動尾巴，他左躲右閃，巨蛇沒有把他拍成肉泥，反而把那個不知死活的男巫拍飛開來。

男巫撞到地面之後就再也沒有動靜了，還在原地駐足的男巫們看到這個畫面，叫的叫、逃的逃，終於都意識到接下來要面對的不是一般的對手。

趁著這個空檔，萊特也趕緊爬起身逃跑，只是才跑沒幾步，他就發現無處可逃了。

放眼望去，巷弄早已消失在一片白色之中，萊特在一個看起來毫無邊界的白色世界裡，周遭安靜得詭異。

討厭，討厭死了。蝕在萊特腹部裡碎碎念著。

「你知道我們在哪裡？」萊特問。

我警告你，站好，千萬別對那自戀的傢伙下跪。

「什麼？」

還沒問出個所以然，背後便出現了響尾蛇搖尾般的沙沙作響，萊特轉過頭去，伊甸竟不知何時出現在他身後，身旁還跟著一隻巨大、強壯，有著龐大白色尾巴的使魔。

使魔頭上爬滿白色小蛇，像頭髮一樣纏得密密麻麻，萊特看不到使魔的臉。

「伊甸……」

伊甸冷漠地注視著他，不發一語，萊特剛想告訴對方關於他在巫魔會上聽到的事，伊甸身後的使魔卻拍動起尾巴。使魔的肌肉賁張，頭上的髮蛇們不斷發出威脅的叫聲，嘶啦嘶啦的。

「向偉大的利維坦下跪！」

「下跪、下跪、下跪！」

髮蛇們嘶鳴著，沉重的壓力不斷從萊特頭頂灌下，他的膝蓋發出喀喀聲響，肌肉也被扭曲著；但萊特仍然強撐著沒有下跪，他只是看著沉默的伊甸，試圖和對方對話：「伊、伊甸，聽我說……」

「不！先向偉大的利維坦下跪！」壯碩的利維坦發出低沉吼聲，髮蛇開始從牠臉上挪移開來。「看著我的臉，崇拜我、瞻仰我、呼喊我的名字！」

更加強大的力量被壓在自己身上，萊特開始感到呼吸困難，四肢肌肉皆傳來一股被嚴重拉扯的疼痛感。

伊甸只是沉靜地在一旁看著，面無表情。

不要再等了！接下來你會完全動彈不得！

畫好召喚陣，敲我的門，你真正要呼喚的是我的名字！

肚子裡的蝕在吶喊，雙腿被無形的力量拉扯，萊特逐漸往下跪趴。別無選擇，萊特終於聽進了蝕的話，看著指尖上不知是酒水還是血水的液體，他按照著腦海裡的圖形，悄悄地在腹部勾勒出來。

他腹部上的皮膚瞬間燒灼起來，燙得他雙眼泛淚。

「跪下！萊特。」

以為萊特還在垂死掙扎，始終保持沉默的伊甸終於開口：「不要逃，也不要再做無謂的抵抗，在偉大的利維坦面前，除了臣服，你別無選擇。」

話音剛落，利維坦抬起頭來，一股更加沉重的力量下墜，如同巨大的拇指般壓迫得萊特無法抬頭，但他依然緊緊按住自己的腹部，努力撐起身體。

眼看著萊特死活就是不願下跪，雙手背在身後的伊甸忍不住質問：「為什麼不乖乖下跪？因為你覺得自己也擁有巫族的血統，所以不願意對我和利維坦屈膝嗎？」

「不是這樣……」

「不必再否認你的巫族身分了，萊特，我很確信這就是你和柯羅一直在隱藏的祕密——你是個教士和女巫生下的孩子，你的存在違反了白鴉協約的規定，是個禁忌的產物。」伊甸像是在判決罪刑似地念著，高高在上地站在萊特面前。

「你是毒瘤，是需要被清理的對象。我將會逮捕你回去，證明你的身分，讓你接受異端審判……」

「真是的……」低著頭的萊特打斷伊甸的話，他碎碎念著。

「什麼？」

伊甸沒聽清楚，剛想側身傾聽，萊特就強撐著腦袋，抬起頭來一頓爆發。

「我說真是的！為什麼都不聽我把話說完，還有你們這些傢伙怎麼動不動就要清理別人啊？我們有做錯什麼事嗎？我自己本人也是不久前才知道那件事而已耶，這麼久了我是有造成世界毀滅還是什麼嗎？你們不要太過分了！」

萊特劈哩啪啦地就是一陣抱怨，也許是習慣了教士的開朗樂天，不僅伊甸，連他身旁那位偉大的利維坦都當場愣住，他們盯著萊特，一時竟沒有動作。

趁現在。

「敲敲門。」

是誰在外面？

「快出來啦！不要囉嗦了！」

嘻嘻。

CHAPTER 5

自大與傲慢

伴隨著笑聲，萊特的腹部傳來一陣激烈的痙攣，肚皮和肌肉彷彿被硬生生撕裂開來，痛得臉部和頸項都冒起青筋。

黑影的爪子探出他的肚皮時，萊特痛得直接跪倒在地，幾乎要無法呼吸。在看到龐大的黑影撐破肚皮，像某種恐怖異形一樣爬出來的時候，萊特幾乎要吐了。

「嘔！」

「給我吞回去！」蝕在爬出來的時候敲了萊特腦袋一記。

轉眼間，原本純白無瑕的空間被黑影籠罩，天上是黑的，地上是白的，有時又會顛倒過來，讓人眼花撩亂。

萊特很努力地將想要嘔吐的感覺吞回去。

黑影瀰漫到伊甸腳下，利維坦在黑影對伊甸伸出爪子之前，用粗壯的尾巴圈住他，將他拉離至空中，退開好幾公尺的距離。

「你……你肚子裡怎麼會有使魔？」

剛被放落在地，伊甸滿臉都是震驚，他看著黑色的影子在萊特背後形成一個巨大的形體，像匍匐的巨型烏鴉，又像一顆黑色的愛心。

「你不是已經知道原因了嗎？」

身上的壓力沒了，萊特重新站穩腳步，他注視著伊甸，這次還轉過頭去注視著利維坦。

髮蛇下的利維坦面目猙獰，雙眼圓睜，像個憤怒到極致的莽漢；牠的雙眼是全身上下唯一有顏色的地方，黑漆漆一片，毫無眼白、毫無感情。

可怕歸可怕，但也不知道是不是背後的巨大使魔給了他底氣，看久之後利維坦的臉還挺可笑的。

「雖然我曾經是個教士，但血液裡還是和你一樣有著巫族的血統啊，伊甸。」萊特挺起胸膛，「我和你，是一樣的！我肚子裡有使魔不是當然的事嗎？」

「閉嘴！你和我才不一樣！」萊特的說法顯然觸怒了伊甸，平常斯文溫和的他對著萊特大吼，「你是教士和女巫結合後的混亂產物，你知道這會為教廷帶來多大麻煩嗎？你的存在本身就違反了白鴉協約，既然你的身分已經被證實，你就該好好面對。」

「我才不要面對別人立下的不合理規矩，你才應該好好面對吧？伊甸，你變了，你不是以前我們認識的那個伊甸了，而你還在執迷不悟。」萊特回嘴。

「你說什……」

「如果你說得有道理，你認為我是錯的，那麼我問你，大學長在哪裡呢？他為什麼沒有在你身邊支持你？」

伊甸的臉色驟變。

「還以為你是什麼聖母瑪利亞呢，原來是個很會戳人家痛處的壞傢伙嘛。」萊特腦袋上忽然多出一隻巨大的爪子，像在撓萊特的頭皮一樣，戳得他哇哇大叫。

「住手！會禿頭啦！」

使魔從牠豐潤的黑色羽翼之中探出俊美的臉，咧嘴而笑。

「利維坦就覺得這種奇怪的臭味聞起來很熟悉，原來是你啊。」利維坦發出低鳴，牠的髮蛇們吐著蛇信，紛紛叫喊著使魔的名字：「蝕、蝕、蝕！」

蝕卻像是受到信徒崇拜的撒旦，牠伸展翅膀，展示自己的雄壯。

「為什麼……為什麼蝕會在你身上？柯羅把蝕讓給了你？」伊甸一臉不

可置信，「為什麼？」

「那是因為瑞文找到了我們，他脅迫柯羅跟他離開，柯羅為了保護我……」

話都還沒說完，萊特就看見伊甸一臉不信任地望著他。

「所以瑞文果真跟你們在一起？你們在劫獄之後就轉身投向了瑞文的陣營，只是他們選擇丟下你了，是嗎？瑞文那種人應該也不會容許你的存在。」

伊甸武斷地解釋著，萊特看著他，只感到無力。男巫在使魔的侵蝕下已經失去了理智，他身邊沒有平常會和他進行哲學思辨的約書，從他冰冷的蛇眼裡，萊特只讀到冷血。

「不是，你為什麼不聽我把話說完？相信我，我們和瑞文根本沒有關……」

萊特試圖做最後的嘗試，但話還沒說完，一隻白色的髮蛇從利維坦腦袋上飛射而出，張著利牙朝他直飛過來。他本能地抬手抵擋，預想之中的衝擊卻沒有發生。

飛來的髮蛇並沒有得逞，萊特一張眼，只看到髮蛇被長著尖銳指甲的手死死掐住腦袋。

「哈，你的主人還沒說要打，你就想打架了嗎，醜陋的利維坦？」蝕從萊特身後發出低沉笑聲，牠在萊特面前捏爆了那隻髮蛇的腦袋。

腥臭的汁水濺到萊特腦袋上，他噁心地抹掉。

「利維坦、是偉大的、利維坦！」

被說醜陋似乎讓利維坦前所未有地憤怒起來，牠的怒吼讓整個空間都在響動，黑暗的陰影再度被一片純白侵蝕，剩下的黑影一路退至萊特他們腳下，像潭乾涸的黑水。

「利維坦沒有主人……」利維坦巨大光滑且肥厚的蛇尾古怪地晃動，快速拍打著地面，蛇牙從牠極度扭曲的嘴裡露出，「利維坦只有僕人，利維坦只聽自己的話！」

「傲慢的傢伙。」蝕嘆了口氣，爪子依舊抓在萊特腦袋上，「這下你知道那個眼鏡仔為什麼會變得這麼扭曲了吧？」

「你五十步笑百步啊。」萊特沒忍住回嘴。

「下跪，你這自大的使魔，和你的小教士一起，你們都應當向利維坦下跪！」利維坦的尾巴再度拍打地面，整個空間都跟著震動。

利維坦身後開始發出詭異的紅光，在純白色的空間裡看起來令人不安，彷彿能在空氣中聞到血腥味。

「不，該下跪的是你，兄弟姐妹裡最醜的傢伙哪有資格說這些話。」蝕卻咯咯笑著。

「閉嘴！」

利維坦腦袋上的髮蛇像是被刺激到似的，牠們紛紛豎直，如飛刺般射向蝕和萊特。

萊特往後退去的同時，蝕一把將他抓進懷裡，整個人被厚重的烏鴉羽毛覆蓋，身體被蝕帶著向下旋轉。

大量的黑色羽毛讓萊特失去視野，他被悶在一片漆黑之中，只覺得人像是洗衣機裡被清洗旋轉的衣物，不斷翻轉、滾動，然後是擠壓和拉扯。

好不容易，還在天旋地轉的萊特被蝕放了出來，只是牠依舊牢牢將他抓在手上。強忍著暈眩感，萊特看見那些飛射而出的髮蛇像箭一樣插在他們原先所在的位置上，但隨後又軟化成蛇，爬回利維坦光禿禿的頭頂，對他們發出駭人的嘶嘶聲。

「噁心死了！你的假髮！」蝕叫囂著。

利維坦看上去憤怒到極限，牠大吼著，尾巴不斷拍打四周。一股讓人不舒服的響震襲上，就像有飛蛾在耳道裡拍動翅膀，震得萊特心臟都要停了。

「跪下！利維坦叫你們跪下！」利維坦龐大的身體浮至空中，髮蛇們像藤蔓一樣四處攀爬，發出的嘶嘶聲震耳欲聾。

「我快……受不了了！」萊特捂著耳朵大喊。

看著逐漸爬向他們的髮蛇，蝕倒是顯得老神在在。

你還沒告訴我要做什麼呢，小鑽石。不依靠唇舌，蝕的聲音在萊特心裡響盪著。

萊特張開眼，他看著笑得一臉奸詐的蝕，跟著瞇起眼。按照之前的經驗，他的指令必須要小心。

「先壓制住利維坦，你辦得到嗎？」

「當然，我還可以吃掉……」

如果直接說不行，蝕大概不會聽話，於是萊特換了個說法：「你真想吃掉這麼醜的東西？品味好差耶你。」

原本還在奸笑的蝕果然立刻皺起臉來，萊特挑眉，他只是碰碰運氣試探看看而已，但如果把使魔當成鬧脾氣的五歲小孩訓練的話……

「利維坦要讓你在我面前臣服！蝕！你將要向所有兄弟姐妹承認，利維坦是最偉大的使魔！」利維坦不斷發出低吼，髮蛇們再度衝向蝕和萊特。

蝕張開翅膀，抓著萊特在空中旋轉飛翔，任由髮蛇們追逐。牠刁鑽地變幻著方向，忽高忽低地飛著。

看著他們在空中飛翔的伊甸很快就意識到不對，他對著利維坦喊道：

「利維坦！等等……」

利維坦根本沒有理會伊甸，牠的雙眼變得腥紅，不斷低吼，直到所有髮蛇一擁而上，準備把空中的蝕拉下來。

咻的一下，蝕俐落順暢地帶著萊特降落，成群的髮蛇追到一半就變成了團團打結的毛線球。

看著因髮蛇糾結成團而露出蒼白光滑頭頂的利維坦，蝕哈哈大笑。

「看看你那是什麼蠢樣子，這種簡單的當也會上，你是不是被小毒蛇養得太好，太久沒有實戰了？」

利維坦的容貌已經不能用盛怒來形容，雖然不再怒吼，卻能看到牠握緊拳頭，渾身壯碩的肌肉浮起猙獰青筋。

牠踏著緩慢的步伐走向蝕，糾纏在一起的髮蛇們像坨大球，跟著牠移動尖叫。牠們一條一條地解開糾纏，重新爬回利維坦頭上。

利維坦對著蝕嘶吼，髮蛇們也齊齊咧嘴展示尖銳的牙，像重新活過來似地衝向蝕和萊特。

蝕擋在前面，殘暴地伸長爪子切斷不斷飛來的髮蛇腦袋，可無論牠怎麼切，髮蛇都會再度長出新的頭來。

越來越多的髮蛇糾纏而上，利維坦不斷逼近。

看著蝕逐漸被白蛇淹沒，萊特大喊了聲：「蝕！」

但利維坦先一步抓住蝕的頸子，將牠提起，蟹螯般的三根粗長手指緊緊掐住了蝕的腦袋。

「你怎麼動利維坦的髮蛇，利維坦就怎麼動你。」利維坦打算捏爛蝕的腦袋。

「怎麼樣，嫉妒我有漂亮又豐潤的毛髮嗎？」整顆腦袋被掐在利維坦的手裡，蝕仍然發出了討人厭的笑聲，牠學著萊特，字字戳中敵人痛處。「你的格局怎麼和眼鏡仔一樣小？他也是個嫉妒別人地位的傢伙呢，有什麼樣的主人就有什麼樣的狗……」

沒有讓蝕把話說完，利維坦的髮蛇一湧而上，死死咬住蝕的全身，而利維坦則是捏緊蝕的腦袋，將牠整顆頭掐得扭曲變形。

但蝕只是故意慘叫了幾聲後又哈哈大笑，整個身體自動地扭曲起來，在利維坦手裡變得像坨融化的黏液，一路流到地上。

利維坦嫌噁心地將變成黑色黏液的蝕甩在地上，啪的一聲，像破裂水球般灑在地上的蝕卻形成了一道巨大強壯的影子……倒映著利維坦以及牠的髮蛇們。

影子浮起，有模有樣地學起利維坦的動作，並且裝模作樣地對著真正的利維坦說道：「向偉大的利維坦下跪吧！」

「閉嘴！你這冒牌貨！」

利維坦攻擊著自己的影子，影子卻像在演話劇一樣栩栩如生地演繹著偉大的利維坦。

「快咬死牠！」利維坦命令著自己的髮蛇。

「快看看自己的影子，看看自己有多醜陋。」影子利維坦也命令著髮蛇。

髮蛇們一時竟像受了蠱惑，牠們痴迷地注視著自己的影子，影子左右搖擺，牠們也跟著左右搖擺。

「不要被迷惑了！你們這群蠢蛋！」

無法攻擊影子，利維坦的憤怒指向了自己的髮蛇，牠抓著髮蛇撕扯，好幾隻髮蛇被牠扯落，綠色的血液噴濺在地板上。

但其他髮蛇依然被影子蠱惑著，任憑利維坦尖叫嘶吼。

「利維坦！住手！不要被那個傢伙騙了。」伊甸焦急地對著使魔喊道。

可是傲慢的使魔不願意聽奴僕的建議，牠只是持續不斷地撕扯著自己的髮蛇。隨著蛇屍在地上堆疊成山，利維坦的腦袋也越來越禿；相反的，牠的影子卻越來越茁壯，髮量諷刺地變得越來越多。

「利維坦！」伊甸焦慮地吼著使魔。

「牠被傲慢蒙蔽了眼睛，所以不聽話。」萊特看著伊甸，意有所指。

「那不是傲慢，是家族榮耀，這不是你這個巫族的恥辱可以明白的事。」伊甸盯著萊特，眼底一點光芒也沒有。

萊特深深嘆息。

「我對你感到很抱歉，真的。」萊特說。

「你是該抱歉，你根本不應該存在。」伊甸說。

「不，我抱歉的是即使簽了白鴉協約，我們最終還是在剝削著巫族的人生。」萊特看著伊甸的眼神中只有同情，「我不知道你能不能變回原本的你，也許不能，但我希望你能，大學長一定也是這麼想的。」

「閉上你的……」

伊甸的話被一陣猖狂的大笑聲打斷，頭頂已經禿了的利維坦正發狂般攻擊著自己的影子。牠對著影子喊：「跪下！跪下！跪下！」

抖動中的影子好不容易聽從牠的命令緩緩跪下，趴伏在地；然而等利維坦回過神後，趴跪在地的卻是牠自己。

另一道黑色的影子從利維坦背後浮現，爬起，用漆黑羽翼裹著自己的蝕笑嘻嘻地從中浮現，牠往後看了萊特一眼。

「我本來挺後悔答應柯羅的條件，但現在看來新的巢穴給了我更多新鮮的活力。」

萊特不解地望著蝕。

蝕咯咯笑著，站在趴跪著的利維坦身後，牠舉起黑色的翅膀，俐落凶殘地切掉了利維坦那粗壯的蛇尾。

綠色的血液四濺，蛇尾像壁虎尾巴一樣在地上抽動，偉大的利維坦此時狼狽地遮著臉，在地上撕心裂肺地哭喊著。

「回來！利維坦！」眼見利維坦節節敗退，伊甸不得已，只能召喚回使魔。

蝕不斷大笑，嘲弄拖著殘破身體爬向伊甸的利維坦。

「偉大的蝕本來想把你吃掉，但偉大的蝕不是這麼沒品味的使魔，現在肚子裡也不夠空間吃就是了。」

蝕看向萊特，萊特暗自鬆了口氣，但他故作同意，表現得好像非常認同蝕的決定。

「爬回來！快爬回來！」伊甸喊著。

「我們不解決掉牠嗎？你想放過牠嗎？」蝕還在利維坦身邊徘徊，牠看著萊特，似乎很想將利維坦碎屍萬段。

「不、不，放著牠這樣不是比較好笑嗎？」萊特順著蝕的話去說。

蝕考慮著，想想似乎也是，牠飛回到萊特身邊，故意沉甸甸地壓在他肩膀上。

利維坦爬回了伊甸的肚子裡，牠的血水沾溼了伊甸整齊的衣服，將原本純白的空間變得骯髒而血腥。

蝕嘖了聲，牠拍拍手，空間頓時變成一片黑暗。

再也偉大不起來的利維坦在爬回男巫腹部後，瘋狂地吸食起宿主的養分，轉移身上的疼痛；而伊甸難以承受那股巨大的疼痛，他臉色慘白，按住腹部嘔吐起來，最後和他的使魔一樣狼狽地跪趴在地，像是在對蝕進行膜拜。

終究，即使擁有再高尚的血脈與使魔，也依然無法擊退極鴉家的蝕。

伊甸不甘心地趴伏在地，他的氣力被體內重傷的利維坦消耗殆盡，連好好站起身都很困難。但即便如此，他還是無法捨棄使魔，他還需要利維坦，如果把利維坦養好的話，他還是有機會……

「伊甸？」萊特站到伊甸面前探頭查看他的狀況。

「走開！」伊甸卻不願意領這份情，「不要……碰我！罪犯！」

「要殺掉嗎？」蝕問，「殺掉宿主，讓利維坦光著頭去流浪，不是很有趣嗎？」

「不行，」萊特說，「我需要伊甸回去通風報信。」

「無聊的傢伙，我還以為你會比柯羅還要有趣！」蝕抓住萊特的腦袋。

萊特盡量不讓自己表現出慌張，跟在柯羅身邊這麼久，看他召喚出使魔這麼多次，他多少摸透了蝕的性格。牠喜歡恐懼，所以越表現出慌恐，牠便會越得意。

「不是，你想想看，讓利維坦這樣回去多好，你以後可以當著其他兄弟姐妹的面嘲笑牠，你讓牠摘掉了假髮耶！」萊特高談闊論，推銷著放走伊甸和利維坦的好處。

蝕瞇著眼，依舊沒有放開萊特的腦袋。

「別以為我不知道你在打什麼主意。」

蝕的臉幾乎逼近到萊特臉上，牠吐著冷冰冰又腥羶的氣息，發出的笑聲比剛剛利維坦的笑聲更讓人難受。

「不過這是個有趣的建議……」蝕往後退去，爪子終於離開萊特的腦袋，牠棲息在他身後不動。那些牠帶來的黑暗也被收回，微弱的日光出現，他們又回到那條溼冷的巷弄之內。

總算被放開腦袋的萊特吞了口唾沫，他重新面向伊甸。

「聽好了伊甸，不管你相不相信我，有件事我要警告你。」萊特說，「我在朱諾他們舉行的巫魔會上聽到了，瑞文將會驅使流浪巫族們在靈郡各地發起暴動，支走教廷的人力，而到時候他會直接趁亂攻擊教廷。」

伊甸抬起他慘白的臉注視著萊特。

「瑞文想把圖麗帶走，他們將會對教廷進行一次清洗，完全撕毀白鴉協約。」

「為什麼要告訴我這個，撕毀白鴉協約對你來說不是反而有利嗎？」伊甸勉強爬起身來。

「嗯……也是吼，你這樣說好像也不是沒道理。」

後方的蝕發出笑聲。

「開玩笑的啦。」萊特在伊甸的瞪視下揮揮手，他嘆息道：「不管你再怎麼瞧不起我，認為我是什麼禁忌的產物、不該存在的東西……但事實上，我就是個男巫，同時也曾經是個教士，教廷裡有很多我認識的人和事物，我不能眼睜睜地看著他們就這樣落入陷阱。」

伊甸站著，他緊握雙拳不說話。

「教廷和巫族不該演變成這樣的局面，如果不阻止瑞文，他真的會血洗整座靈郡，你希望看到大學長他們也受到波及嗎？」萊特問。

伊甸的眼珠像蛇瞳一樣收縮著，看起來彷彿一臺正在解讀自己情緒的機器，他正要說話，附近卻再次傳來槍響和爆炸聲。

萊特和伊甸同時轉頭望去，遠處有幾戶人家冒出黑煙，硝煙四起。

「滴答、滴答、滴答。」蝕在後面發出倒數的聲音。

看來瑞文和朱諾並沒有給他們準備的機會，那場巫魔會就是一個訊號了。

「他們已經開始行動了，伊甸，我需要你去警告教廷，瑞文他們隨時會發動攻擊，所以不要被分心了！」萊特說。

除了讓人不安的爆炸聲響，那些窮追不捨的腳步聲和哨音又再度傳來，跟隨著伊甸而來的教士們正在逼近。

萊特知道自己該跑了，不然……

「我至少可以吃掉那些教士吧？」蝕歪著腦袋裝可愛，但一點也不可愛。

萊特只能擋在蠢蠢欲動的蝕前面，並且再次對著伊甸說道：「不管你相不相信我，都請你快點回到教廷去吧！不要繼續追著我了，我不是你現在最棘手的任務。」

伊甸沒有說話，傲慢的男巫看起來難以撼動。

萊特嘆息，最後只能拿出殺手鐗，「你不相信我，至少也相信大學長吧？大學長一定會相信我的話，我們也知道他永遠都是對的。」

「跟一個自我都被吃光光的人說這些幹嘛呢？」蝕低頭盯著萊特，笑容邪惡得嚇人。

萊特搖搖頭，沒有回答這個問題，他直視著蝕說：「我們快離開吧！」

「不吃掉教士？不吃掉男巫？你還沒給我美酒和佳餚呢。」

「如果你想要真正好吃的東西，現在就帶著我離開。」萊特神祕兮兮地說道。

蝕沉默了片刻，一臉懷疑，牠凶狠地抓住萊特的臉，「你在哄騙我嗎，小鑽石？」

「你猜猜。」萊特沒有退縮，還做出魔術手勢，「你可以相信我也可以不相信我，如果你真的想要吃掉這些教士也是可以，那我就不用給你美酒佳餚了吧！這樣也好，啊反正那些教士是鷹派的我應該也沒有很……」

再這樣下去萊特要做五十分鐘的演講了，蝕瞇起眼，看著遠處奔跑過來的大群教士，牠哼了幾聲，一把抓住萊特的腦袋。

「憋氣。」

「啥？」

沒給萊特做心理準備的時間，蝕帶著他下沉進自己的影子之中，等教士們追上來時，原地只剩按著腹部臉色慘白的銜蛇男巫而已。

「發生什麼事了？」為首的教士詢問。

伊甸盯著空蕩蕩的地面，天空很不識時務地在這時下起大雨來。他幾乎快要站不住腳，但沒有一個教士願意上前攙扶他，而原本會在第一時間給他扶持的教士，此刻卻不在他身邊。

肚子裡的使魔哀嚎著，在他骨肉裡不斷刨剜，奪取伊甸的營養。

「逃犯逃亡了……身上還有使魔，具高度危險。」伊甸緊緊握住拳頭，幾隻銅蛇從他身下爬出，變成了手杖攙扶住他。

「需要派出更多人搜索嗎？」教士們問，「但現在各處都傳出動亂的消息，我們恐怕沒有辦法再派出更多教士了。」

伊甸沉默了片刻，想起萊特所說的那些話，還有對方同情的眼神，他咬緊牙根，轉頭離開。

「不……繼續搜尋，但調動一些人力回教廷去看守，我必須先回去大主教身邊、確保他的安全。」

伊甸獨自向前走著。

一尾銅蛇單獨從他身上蜿蜒爬下，那尾銅蛇看起來橘亮橘亮、年輕而稚嫩，它在大雨中爬往和伊甸完全相反的方向。

CHAPTER 6

各自的決定

柯羅獨自站在高樓廢墟之上。

整座靈郡颳起了大風，烏雲密布，而城市裡的火光像篝火般，在各處一一被點亮，彷彿某種訊號。

消防車和救護車的鳴笛聲不斷，但對柯羅來說，此刻的寧靜像是前所未有。

腹部裡沒有蝕，也就沒有一直以來嘈雜的噪音，他本該要享受此刻的靜謐才對……但這股靜謐卻反倒讓他煩躁焦慮，讓他意識到身邊少了什麼。

好無聊啊，柯羅，能變點什麼漂亮的把戲給我看嗎？

柯羅抬起頭，腦海裡浮現了老愛跟他撒嬌的金髮教士，轉過頭，身邊卻一片空蕩。

那一瞬間柯羅有點迷糊了，剛剛他腦海裡浮現的是幻想還是真實發生過的事情呢？他默默將視線放回底下不斷冒著黑煙的城市，很有古老建築風情的靈郡被煙霧染成了焦黑。

這本該是他們黑萊塔的男巫和督導教士要去處理的任務，只是黑萊塔的男巫和教士幾乎等同不存在了。

柯羅現在不是教廷的男巫，而是被追捕的罪犯，無論如何，他們都無法再次回到過去的時光。

無法改變現狀，柯羅像搭在一輛失速的列車上，他現在所能做的就是乖乖坐在位置上，盡量減少傷亡。

柯羅緊盯著街道巷弄內的每處黑暗，幻想著自己是不是有可能看到萊特出現在其中。

「大家已經開始了。」不遠處有聲音傳來。

細雨打溼了柯羅的臉，他拉起兜帽，將雙手插在口袋裡，裝出一副漠然的模樣。

「很好。」

「對了，想聽聽我在巫魔會上遇到的趣事嗎？」

「什麼？」

瑞文和朱諾一路走來，柯羅想假裝自己並不關心，但他們提到的名字卻讓他不得不轉過頭來傾聽。

「萊特，那個幸運的小王八蛋真的撞進了我的巫魔會裡。」朱諾哈哈大笑，他和瑞文同時看了柯羅一眼。

「喔？抓到他了？」

看著柯羅雙拳緊握，朱諾的雙眼瞇成彎彎的線。

「瑞文！你明明答應過我，我如果聽話，你就不會再對萊特出手。」

「不，別擔心，雖然本來是想抓起來折磨的……不過他跑掉了。」朱諾說，「瑞文還是有信守承諾的，不要緊張。」

瑞文看了朱諾一眼，什麼也沒說，他走向柯羅，輕輕按住他小弟的肩膀。

「我答應你的事就是答應你的事，我不會殺他，也不會對他出手，只要你聽話。」瑞文的聲音很溫柔，卻沒什麼感情。

「不過他可能正被某隻毒蛇追著跑就是了，我無法保證他被找到的話會怎樣。」朱諾說。

柯羅沒說話，他低下頭來，稍微鬆了口氣。聽朱諾和瑞文的語氣，兩個人都還不知道他將蝕塞給了萊特的事，這算好消息。

如果真的遇到伊甸，柯羅不認為擁有蝕的萊特會輸——他唯一擔心的只有蝕也會把萊特吃乾抹淨。

「他如果夠幸運，就能逃掉。」瑞文抬起柯羅的臉，用拇指輕輕磨蹭他的臉頰，「不要太在乎他了，反正之後都會慢慢遺忘，還可能會開始厭惡他，不是嗎？」

柯羅注視著瑞文，努力不露出悲傷的神情。

雖然蝕現在不在他身上，卻在萊特身上，即使他努力記住了萊特的一切，誰能知道等他們真的有機會再次碰面，萊特又會變得怎樣呢？

萬一……遺忘他的人是萊特呢？

「不過現在都別想太多，我們有更重要的事要處理。」瑞文提醒柯羅。

靈郡市不斷傳出的爆炸聲和叫喊聲也像在提醒柯羅，憂慮萊特會忘記他這件事情沒有意義，因為很有可能他們根本無法再見到彼此一面。

「至於其他的雜事，我們可以等圖麗回來再慢慢討論。我答應你，之後會和你心平氣和地坐下來談，好嗎？」

柯羅沒說話，只是沉默地點了點頭。

「那麼，準備好要出發了嗎？」瑞文像哄孩子似地輕拍柯羅的腦袋，「我知道你不喜歡一直讓蝕出來，所以好好跟在我身後，我會盡量不讓你用上使魔。」

柯羅緊緊按住腹部，他不能讓瑞文知道他肚子裡一片空盪。

「真好啊，看看你這差別待遇。」朱諾在一旁說著風涼話。

「你又不一樣，你很享受叫瑟兒出來的感覺不是嗎？」瑞文說。

「這倒是……」朱諾咧嘴微笑，肚子裡發出了詭異的鼓聲，像是在回應朱諾的話。「先說好，如果這次我能抓到我的兄弟，不准再阻止我吃掉他。」

「我沒有異議。」瑞文點頭。

「那麼我們就去把白懷塔裡的小金絲雀放出來吧。她被關住太久了，該放放風了。」

朱諾轉身往前走去，也不管前方是不是高樓陽臺。

「走吧，柯羅。」瑞文轉頭對柯羅伸出手。

柯羅遲疑了幾秒，他伸出手牽住瑞文，跟著他的兄長向前走。

這一趟前去，也許就是終結，如果還能再見萊特一面的話就好了。

柯羅這麼想著，和瑞文、朱諾一起消失在高樓之上。

丹鹿溼漉漉地從天堂之中起身。

他剛剛才把威廉埋進了藍色的池水裡，就躺在沉睡中的絲蘭身邊。天堂的甘露池裡埋著傷重的兩名男巫，原先湛藍的湖水都染上了些許血色。

「辛苦了。」榭汀用毛巾將丹鹿包裹起來，緊緊抱著他拍了幾下。

看著臉色不佳卻還強顏歡笑的榭汀，丹鹿難得沒掙脫或推開他，只是任他抱著。

天堂是用榭汀的血餵養，要照顧一個絲蘭外加一個威廉，幾乎耗盡了他的體力。不過嬌生慣養的貓先生難得沒有抱怨，只是自己默默地灌著藥水，忍受一切不適。

「你也辛苦了。」丹鹿伸手回抱榭汀，安撫似地拍拍對方的背。

他們互相擁抱了像一輩子這麼長，直到丹鹿輕聲嘆息，「如果萊特在的話，這時候一定會拉著柯羅一起跑過來團抱吧？」

「確實是。」

「事情究竟為什麼會變成這樣呢？絲蘭和威廉重傷，柯羅和萊特又行蹤不明，現在外面還有一大堆人在追殺他們……」丹鹿的聲音裡混雜著鼻音，

「我都還沒搞清楚萊特是巫族混血這件事到底是怎麼一回事。」

「別擔心，也別想太多，柯羅是跟著瑞文走的，暫時應該不會有危險。」榭汀安慰道，「至於萊特……現在知道了那傢伙擁有女巫的血統，反而應該要安心不是嗎？」

丹鹿默默地抹了把臉，他抬起頭時已經雙眼通紅。

「這正好解釋了他為什麼一直以來都這麼幸運，因為他的巫術特質就是幸運，幸運是他巫力的一環。所以只要他能好好運用，就會沒事的。」

「那傢伙確實是個從小到大都很幸運的小王八蛋。」

「這就對了，所以現在先別花時間焦慮，要幫助萊特和柯羅之前，我們還有很多事情要處理。」

榭汀話音剛落，丹鹿就注意到天堂上的樹葉在顫動，湖水波面則泛起小小的漣漪。原本穩固地佇立在一旁形成鳥巢狀的樹枝紛紛活起來似地，擺動著枝枒要將人請出它的巢穴。

「太多人在裡面會消耗天堂的能量，我們出去吧？別打擾病患休養。」

丹鹿點點頭，有默契地讓榭汀攙扶著他從天堂離開。

當兩人走下天堂，進入辦公室時，只看到約書正盯著自己的白蘿蔔人偶分身看。白蘿蔔人偶面無表情，生動演繹了他的樣貌。

他身邊倒著幾個喝了榭汀準備的茶後昏睡過去的教士，卡麥兒正在像搬運屍體一樣地搬動著他們。

「絲蘭先生和威廉的狀況怎麼樣了？還好嗎？」

卡麥兒一看到他們就急忙跑過來關心，約書也是。除此之外，那隻一直待在辦公室角落，齜牙咧嘴緊張戒備的白狼也稍稍靠近了些。

只有賽勒，被迫穿著教士服的他正大搖大擺地坐在丹鹿的辦公桌上，拿著麥克筆在可憐的顛茄身上塗鴉。

他的辦公室簡直變成了觀光勝地……榭汀心想。

「絲蘭不會有事，你們帶他回來得很及時，我已經替他將體內的毒素排掉了，現在就等他慢慢恢復；至於威廉……」

榭汀停頓，看著不遠處的白狼憂心忡忡的模樣，他沒有明講，「他會需要更長的休養時間，不過命是撿回來了，不用擔心。」

聞言，白狼先是低垂腦袋，又抬頭遙望著天堂。

「沒事就好。」約書看來鬆了口氣，只是他依舊眉頭緊鎖。

「倒是這些傢伙，讓他們全變成這副狀態沒事嗎？外面的人不會去打小報告？」榭汀問。

「不知道這算好消息還是壞消息，但現在外面沒什麼人，他們只留下這群傢伙監視我們。」約書回道，看著被卡麥兒堆疊成山的鷹派教士。

「發生什麼事了？」

「整個靈郡似乎正陷入暴動之中，大部分的教士都被派去支援了。」

「這聽起來是好事，我可以找時間落跑了。」賽勒插話，他看著手上的顛茄，眼神像是在考慮要不要吃掉它。

他轉頭對著教士們邪魅一笑，但依舊沒有人理他。

「喂！我真的會跑掉喔！」

「怎麼會忽然發生暴動？」背對賽勒，丹鹿不解地詢問。

「不太確定原因，但從我收到的消息來看，流浪巫族們像是講好了一樣，全在相同的時間對靈郡發動攻擊。」約書說。

「看來是有什麼大事要發生了吧。」賽勒說，這次他不是要故意引人注意。「流浪巫族能這麼有默契地在同個時間動手，不可能是心有靈犀，這一定是串通好的。而唯一能串通的方式就只有……」

「巫魔會。」丹鹿接話。

「答對了，那麼再考考你，現在能舉行巫魔會的會是誰呢？」賽勒問。

「你的意思是這是朱諾和瑞文策畫的？」約書沉下臉。

「我不能保證我說的是真的，你們不覺得應該問問更清楚的人嗎？」賽勒看向一旁的白狼。

亞森就坐在那裡，離他們有好長的一段距離。

「亞森……」約書小心翼翼地開口。

亞森卻在所有人的注意力都放到他身上時，露出獠牙來。

「畢竟是上次見面還和朱諾他們一起攻擊我們的敵人……」榭汀不著痕跡地低聲詢問約書：「要用藥水嗎？」

約書思考了片刻，看著身上還有威廉血跡的亞森，最後搖了搖頭。他高舉著雙手走向亞森，示意自己沒有惡意。

「如果我們想傷害你或威廉，早就動手了，但事實證明我們沒這個意思。威廉現在正在接受治療，不是嗎？」約書說。

亞森依舊齜牙咧嘴，警告約書不要靠近。

約書停下腳步，語重心長地說：「我不知道發生了什麼事，但你會帶著身受重傷的威廉獨自流落在街頭，就表示瑞文他們沒有回來找你們，也不會回來了。」

白狼沉默了片刻，終於願意變回原形。

「你到底想說什麼？」亞森問。

「我想說的是，威廉現在回來了，我們就會負責照顧他，直到他好起來。」

「然後呢？送入女巫地牢嗎？」

「不……我不會再讓那種事情發生。會去救你們，就表示我已經有心理準備要和教廷對立了。」

約書看著亞森，眼神毫無閃躲。

「我和你保證，我們絕對不會再讓威廉陷入危險，我們會用盡全力保護他，因為他是我們黑萊塔的同伴。」

聽完約書的話，亞森緊緊擰著眉頭。他自己也明白黑萊塔是現在威廉唯一能存活下去的選擇，他不知道教士們能不能信任，但他似乎沒有選擇的餘地。

「謝謝你願意冒著危險帶威廉來投靠我們，如果你願意，你也可以繼續留下來，我們會保證你的人身安全。」約書說，「只是我需要知道瑞文他們的下一步到底想做什麼？」

亞森的眼神依然帶著警戒，直到約書朝著他伸出手。

「如果你不願意相信我，我也可以讓你做個箝制約定。」

「你們這群教士真的是，怎麼動不動就玩這麼大，我還以為巫族有多瘋，瘋的根本都是教士……」賽勒在旁邊搖頭。

看著約書伸出的手，亞森最後低下頭來。

「不了……無所謂，反正你們也阻止不了什麼，暴動開始了，那表示瑞文已經得到他想要的東西，他的計畫也開始進行了。」

「什麼計畫？」

還沒等亞森答上話，一隻不知從何處竄入的銅蛇引起了所有人的注意。

卡麥兒一看見那尾銅蛇就沿路踩踏，但都被它躲過。

就在卡麥兒準備拿東西砸它時，約書阻止了她。

「等等。」

銅蛇一路滑向約書，在他腳邊纏繞，看上去不帶惡意，更像在撒嬌。確認銅蛇沒有惡意後，他蹲下詢問：「怎麼了？伊甸發生了什麼事嗎？」

銅蛇抬起腦袋，兩顆金色的眼珠子骨溜溜地盯著約書，那眼神讓他忍不住想起從前的伊甸。它張大嘴，露出牙齒然後乖巧等待。

約書沒有遲疑太久，他伸出手指就讓銅蛇嚙咬。

「大學長！」丹鹿和卡麥兒同時尖叫，但約書沒事般地揮手要他們安靜。

幾絲晶亮的蛇毒肉眼可見地跑進他的皮膚之下，但約書並未感到不適，他只是看見了一些畫面，一些伊甸和萊特之間關於瑞文的對話。

白懷塔，伊甸，協助。

蛇毒最後在約書的皮膚上留下這些字眼，然後又消散開來。而隨著蛇毒的消散，那隻銅蛇也鬆開了牙。它在約書面前咬住自己的尾巴，將自己一路吞食，最後消失殆盡。

摸著皮膚上殘留的蛇毒觸感，約書臉色凝重，深深嘆息。

「大學長？」丹鹿和卡麥兒圍上來關心，約書只是示意自己沒事。

看見約書的表情，亞森淡淡地問了句：「你已經知道他們的計畫了，是吧？」

約書點點頭，「他們真正的目標是白懷塔裡的圖麗，對嗎？」

丹鹿和卡麥兒面面相覷，沒人知道發生了什麼事。

「是的，瑞文這趟回來，就是為了搶回他留在這裡的東西——他的家人。他想要柯羅、想要圖麗，他想要重新組建一個不受教廷制約的極鴉家。」亞森說。

「用這種方式？他殘害了多少人的性命？」約書不能理解。

「你們也殘害了很多巫族的性命。」亞森回嘴，「我認為瑞文別無選擇。」

「不，我認為他有選擇，就像他明明可以選擇不傷害威廉，將你們一起帶走。」

雖然這話對亞森來說可能有些殘酷，但約書還是必須要說。

「別把瑞文想成什麼革命者，他到最後不過是為了滿足自己的私欲而已，圖麗也好、柯羅也罷，最後都只是他報復的工具。」

「我並不……這麼認為。」亞森依然不贊同約書的話。

「無論如何，我們都會試著去阻止這件事。如果讓瑞文的計畫成功，日後只會有更多死傷而已。」約書繼續試著勸說，「所以可以的話，我希望你選擇留下，陪在威廉身邊，不要回到他身邊。」

可惜亞森最後仍望向了窗外。

「答應我好好照顧威廉。」

「亞森……」

少年變形成了小鳥，他拍動翅膀，飛出了窗外。

約書挫折地嘆息，丹鹿和卡麥兒只是安慰地拍了拍他的肩膀。

「那是他的決定，不需要太自責。」榭汀說。

「而且現在你們有更重要的問題要解決吧？」賽勒坐在丹鹿的旋轉椅上轉圈圈，他看著約書一行人。

「現在怎麼辦呢？瑞文帶著我邪惡的兄弟想奪取大女巫、統治靈郡，而且他手上還有聚魔盒跟擁有蝕的柯羅……你們有什麼？」

賽勒一一指著丹鹿、卡麥兒和榭汀，「綁縛情趣專家、暴力少女、貧血貓咪，這根本沒有勝算嘛。」

「什麼綁縛情趣……」丹鹿實在是懶得吐槽了，「不管怎樣，我們都還是要試著阻止這些事發生吧？雖然說我們可能沒這麼強大，但有榭汀和柴郡，還有你……」

「等等，別扯到我身上，我可不打算被捲進去。」賽勒嗖的一下從座位上起身，他拍拍屁股，一副準備走人的模樣。

「我的兄弟一定還在追殺我，與其乖乖上門被殺，不如逃到天涯海角去，拚死活到最後一刻。」

「你不跟我們一起行動嗎？」

「為什麼？跟你們一起行動看你們放閃，最後跟你們一起殉情慘死嗎？」

賽勒搖搖頭，很瀟灑地轉身準備離開。

「我已經不是黑萊塔的男巫很久了，我不像你這麼有責任心，我只想好好活著。」

「我以為你是針蠍裡最高尚最有原則的那個。」榭汀說。

賽勒的腳步駐足了片刻。他讓自己的蠍子螫了一下，將面貌變成了完全不同的黑髮男人，還從榭汀桌上隨手偷了把拆信刀防身。

臨走前，賽勒自嘲地搖搖頭，「我也不是針蠍了。」

「喂！賽……」丹鹿只能眼睜睜看著賽勒離去，怎麼叫也叫不回。

「沒關係，別喊了，那也是他自己的決定，我們確實沒有權利要求他跟著去送死。」榭汀說。

「那麼我們現在該怎麼做？」卡麥兒問。

一行人紛紛看向約書。約書沉默了片刻，說道：「剛剛那尾銅蛇是伊甸派來求援的，他自己可能沒意識到，但我想是他派來的。」

丹鹿和卡麥兒不太懂約書的意思，但大學長的表情有點哀傷，所以他們誰也沒說話。

「他給我看了一些不久前發生的事，和萊特有關。他很有可能追捕到了萊特。」

「萊特？」丹鹿一臉震驚，「那萊特有怎樣嗎？」

「別擔心，伊甸似乎沒有成功，反而還受了傷的樣子。」約書想起剛剛銅蛇給他看的畫面。

雖然不知道伊甸和萊特是什麼時候遇上的，他們之間發生了什麼事，但看來萊特在面對伊甸的攻擊後仍然安然無恙。

「雖然我不確定萊特是用了什麼方法傷到伊甸，但目前看來，我們暫時不需要擔心他的事情。」

「萊特有沒有透露自己現在在哪裡？」

「沒有，記憶的片段很模糊，不過瑞文的計畫是萊特告訴伊甸、伊甸又讓我看到的，所以……」

「以萊特那傢伙的個性，他不會漫無目的地亂跑。跟柯羅分開一下就哇哇叫的人，現在如果要做什麼，目標一定也只會有一個——找到柯羅。」榭汀說。

約書沉思著，這麼看來，他們所有人的目標都是一樣的。

「我決定前往白懷塔一趟。」約書看向剩下來的其他人，「至於你們呢……」

「我可以去。」丹鹿和卡麥兒異口同聲。

約書嘆息一聲，他本來是希望他們都留下來，但獅派教士就是種熱血無腦的生物……不過他不討厭就是了。

拍拍他們的腦袋，約書最後和榭汀對看一眼，而榭汀只是頷首示意，同意了幫忙。

「如果你們都願意的話，就聽我指揮吧。」

「哪次不聽了？」丹鹿攤手。

「亂花經費的時候。」

「唉喲，這種時候就別提了，我們還有正事要做……」

萊特被蝕抓著沉入一道又一道影子之下。

沉進影子的感覺就彷彿被浸進水裡，只是在影子的世界中完全沒有聲音、沒有燈光，就像五感被徹底剝奪一樣。

直到萊特從橋墩的影子中被拉起來之後，他的聽覺和視覺才終於恢復正常。他和蝕出現在獅心公園內的隱密角落，這個地方已經離白懷塔近上許多。

「你有這個技能怎麼不早說！就這樣看我一個人一直在外面跑來跑去、東躲西藏的，你有沒有良心啊？」萊特捂著鼻子哼氣，幾滴影子像液體一樣從他耳朵裡流出來，滴到地面，和他們的影子融合在一起。

「使魔又沒有良心。」蝕哼聲道。

「沒有良心，倒是很有脾氣……」萊特碎碎念，還沒念完，蝕就一把掐了上來。

「我的美酒佳餚呢？你答應要讓我吃大餐的。」

萊特被掐得漲紅臉頰，雙腳離地。

「不能……呼吸了。」

「不要以為你可以逗著我玩，你和柯羅都一樣，別以為自己很厲害。」蝕咧嘴，又厚又尖的舌頭從牠嘴裡伸出，舔過萊特的臉，「說啊，你要給我吃什麼？」

「嗯嗯嗯，不要舔我……」

「你到底要不要說，小心我掐死你！」

萊特一臉痛苦，他緊閉著眼然後說：「那你……掐死我好了。」

「你真的想死嗎？教士！」蝕氣得一把將萊特丟在地上。

「現在是男巫、男巫啦，魔羊男巫，應該……」萊特還在耍嘴皮子。

「你如果想要我的話，我會把你一口吞掉的，小鑽石！」

「不好吧，你吞掉我，然後呢？」萊特摸著脖子說，「然後你要變成無主的使魔，到處逃竄，直到你找到其他宿主嗎？你不是說我的身體超舒服嗎？你這負心漢……」

「閉嘴！」蝕氣得連羽毛都跟著豎立。

牠明白萊特說的話不是沒有道理，要再找個宿主不難，難的是找到舒服的。在極鴉家的純種血脈肚子裡待慣了，新宿主又很新鮮，要隨便再換一個巢穴也不是這麼容易了。

不過如果萊特以為仗著這點就能保住一條小命，那他就低估了使魔的殘暴程度。

烏黑羽毛尖端陷進了萊特的皮膚裡，直到鮮血都跟著流下時，他才舉起雙手投降。

「好、好、好，我開玩笑的，答應你的東西當然會給你，我有很多的美好記憶，你想要什麼口味都有……」

蝕這才稍稍收斂起羽毛。

見狀，萊特把握機會繼續談判：「只不過你現在根本也還不餓吧？你吃掉了很多我和柯羅的回憶，我很確信他為了讓你保護我，臨走前有把你餵飽。」

「那又怎樣？」

「你不是喜歡飢餓後享用大餐的滿足感嗎？那麼現在就先讓肚子開始餓吧！」萊特說。

「那是由我決定的事，輪不到你來決定！」蝕張大嘴，露出利牙。

但萊特沒有退縮，任憑著蝕吼他，還是站在那裡不動。

「你如果能幫我完成剩下的事，你可以吃掉我和柯羅的所有美好記憶。」萊特終於提出他的籌碼，「還有跟鹿學長的、跟其他人的。」

「你的，所有，美好記憶？」蝕將牠脹大的身體縮回成正常尺寸。

「對，我的所有美好記憶。」

「全部吃掉你可能會壞掉，你知道嗎？你的腦袋裡會塞滿我所有的反芻，你可能會因為痛苦而發狂。」蝕嘻嘻笑著，因為萊特的提議確實很有意思。

「沒有關係，這是我的決定。」萊特盯著蝕，他一臉認真地舉起食指，「只有一個大前提，那就是你能幫助我找回柯羅，還有阻止瑞文他們接下來的行動。」

蝕沉默著，似乎在考慮這個交易划不划算。

「小太妃糖把我交給你，就是要你自己好好活著，結果你現在又要帶著我回去找他？你們還真是好笑。」

「好笑嗎？你不覺得那是因為我們超愛對方的嗎？你想想看，我們的回憶會有多甜美，你吃過不是嗎？」萊特滔滔不絕地說著。

「哼嗯。」那確實是蝕吃過最甜美的回憶。

「當然，除非你評估過自己的實力之後，覺得你打不過瑞文手上的那隻使魔。如果是這樣，我了解的。」萊特大膽地拍了拍蝕的翅膀，一臉同情，「畢竟那是我們魔羊家的使魔，可能能力強大，連你這隻使魔之王也會害怕……」

「誰說我害怕了！」蝕對著萊特大吼。

萊特一臉不以為然地攤開雙手，「那麼，你想答應我的條件嗎？」

蝕瞪著萊特，萊特確實是個和柯羅很不一樣的宿主，很會耍一些小手段——不過，宿主就是宿主，到頭來還是必須讓他吃乾抹淨。

「好吧，我答應你。」

「非常好，那麼我們出發吧！」

「先讓我回去……」

「不用吧。」

「什麼？」

「你就待在外面就好，那個潛入影子的技能這麼好用，不用白不用，你回我肚子裡也就只會吵而已，再加上現在外面亂成這樣，根本不會有人理……」

「閉嘴！」蝕翻了圈白眼，抓住萊特往下沉潛。

CHAPTER 7

突襲

伊甸一瘸一拐地回到教廷時，一批批的教士正在武裝，準備外出獵殺作亂的巫族。

「慢著！回來！教廷這邊需要更多人看守！」伊甸試圖阻止那幾批被釋出的教士，可是根本沒有人聽令他的指揮。

對教士們來說，雖然伊甸現在是大主教身邊最親近的男巫，但男巫依舊是男巫，不是他們服從命令的對象。

伊甸用力呼吸著，他的身體狀況已經瀕臨極限，傷重的利維坦不斷在吸收他的養分，獲取修復的精力。

不過他不能停下腳步，要是萊特說的是實話，那麼就表示他辛辛苦苦守護的教廷、白鴉協約、家族頭銜，和他所建立起來的一切都將受到威脅。

他不能讓這件事情發生，絕對不能！

「大主教！」

伊甸在白懷塔的廳堂找到了正準備為了暴動和幹部們開會的勞倫斯，他幾乎全靠銅蛇攙扶著才沒有摔進廳堂裡。

「伊甸？」勞倫斯一臉不解地看著滿身狼狽的銜蛇男巫。

「我們必須回防，外面的暴動只是障眼法而已，瑞文真正的目的是要回到教廷奪走圖麗……」

伊甸踉蹌地來到勞倫斯面前。

「萬一圖麗也被瑞文奪走，教廷會毀於一旦的；最重要的子宮、聚魔盒、銜蛇家的名譽……」

「你到底在說什麼，伊甸，你的情報是真的嗎？」看著精神陷入混亂的銜蛇男巫，勞倫斯忍不住皺眉。

身旁的幹部議論紛紛，這不是他們第一次看到巫族陷入瘋狂的狀態，靈郡的異常暴動和銜蛇男巫此刻的狀態都令人不安。

為此感到失了顏面的勞倫斯面露不耐。

「萊特要我帶來警告，必須準備人員迎敵，無論如何都不能讓他連圖麗也帶走。」伊甸自顧自地說著。

「萊特？你的情報來源是蕭伍德家的那個逃犯嗎？我以為你的任務是要去追捕他，而不是和他商量罪犯的計畫。」勞倫斯有些不高興。

「蝕跑進了他的肚子裡，我失敗了……大主教，現在情勢很危急，瑞文的指令已經下達了，他們隨時都有可能過來。」被汲取掉太多精力，伊甸說話語無倫次。

「我正要和幹部們開會商量，你的問題會被考慮進去，先去整理一下自己，伊甸……」

「不，你不懂這急迫性，他們已經開始……」

倏地，不遠處傳來一陣轟隆巨響，幾名教士持著獵槍和獵巫武器在長廊上奔跑，似乎正在準備迎敵。從窗戶往外望去，整座白懷塔火光和硝煙四起。

教士們叫喊著要滅火，各處都有哀嚎聲傳來。

勞倫斯看著幾名教士跑來準備和他報告狀況，這才意識到伊甸所帶來的情報貨真價實——瑞文回來教廷了，而且他的目標是圖麗。

「我們要面對的有誰？」勞倫斯看向伊甸。

「血鴉瑞文、針蠍朱諾……還有夜鴉柯羅。」

勞倫斯神情肅穆，立刻差遣幾名幹部，去召回在各地處理動亂的教士趕來支援，至於其他幹部則是紛紛帶著手下的教士前往阻擋入侵者。

「我會想辦法帶圖麗去更安全的地方，你可以擋住他們嗎？」勞倫斯看著伊甸，他不清楚男巫先前究竟發生了什麼事，以他的狀況可能也撐不了太久。

不過沒關係，勞倫斯只需要能夠替他和圖麗爭取時間的工具而已……而伊甸一直是很好的工具。

伊甸看著勞倫斯，明明他身體已經不行了，但為了家族名譽，為了頭銜，他不可能因為恐懼而毀掉自己在教廷裡建立的地位，即便他知道勞倫斯可能根本不在乎。

「我可以。」伊甸回答。

「很好，等平息動亂後我們就可以談聚魔盒的事情了，也許確實該換銜蛇當家。」

勞倫斯在臨走前依舊留給了伊甸一絲希望，伊甸麻木地握緊拳頭，他的腦袋欺騙著自己應該要感到喜悅，只要他平定了事態，銜蛇家最終可以得到應有的榮譽，而約書……

約書最後也會回到他身邊吧？他們就可以回到往常的日子。

面朝和勞倫斯相反的方向，伊甸邁步，獨自去面對前方的一片混亂。

朱諾走在最前方，柯羅跟在瑞文的身後行動，有一群流浪巫族在他們抵達白懷塔時也前來會合。

白懷塔的教士正忙著整裝前去靈郡的其他地方支援，起初根本就沒注意到巫族們，於是他們四散著從各處包夾，突襲來得又快又狠。

柯羅看著男巫們用巫力推倒第一批發現他們的教士，而後方的教士迅速舉起獵槍，對他們掃射著。

幾個男巫因幾發子彈而倒下，幾個男巫正試圖引發爆炸解決追兵，而這一切紛亂都沒能阻止瑞文和朱諾持續前進。

力量強大的名門家男巫，輕輕鬆鬆便解決掉膽敢礙事的教士。蠍子們湧上，瘋狂地用毒針刺著教士的全身，讓他們在血流不止的痛苦中身亡；上方幾名正準備狙擊的教士，也在與瑞文對上眼後，全身抽搐地自高樓墜下。

柯羅試圖用影子為巫族們抵擋子彈，或接住這些墜落的教士，然而當他想使用他的巫術時，卻發現自己已經沒這麼多力量了。

蝕的離開意味著力量的離開。

別無選擇，柯羅只能看著一件件慘劇在眼前發生，彷彿重演當年瑞文離開前的大屠殺一樣。

「還好嗎？」瑞文轉過頭來對他微笑，柯羅卻覺得他連笑容都是血腥的。

柯羅只能點頭，裝做對一切都感到冷漠的模樣。

瑞文向前繼續走著，影子籠罩在柯羅的影子上。他們的影子連成了一條，這讓柯羅被困進瑞文的陰影之中。他不會受到傷害，但也無法停下腳步，他的一切都被瑞文牽引著移動。

慘劇繼續發生，柯羅看著瑞文輕輕打起響指，白懷塔正門上垂掛的老鷹和獅頭圖騰旗幟便在瞬間起火燃燒。那條陳列著歷代大主教雕像的走廊也跟著冒起熊熊烈火，雕像一一倒塌。

柯羅看著萊特爺爺的雕像佇立在火焰裡，最後與其他雕像一同傾倒在火海裡。

他們一路進到白懷塔內部，普通教士並沒有能耐阻擋擁有使魔的瑞文和朱諾，男巫們幾乎是單方面在對教士進行大屠殺。

幾個教士在瑞文的操弄下正在用刀互相砍殺，他們臉上露出痛苦的表情，瑞文和朱諾卻嘻笑著，一臉無所謂的模樣。

幾尾銅蛇在這時用迅雷不及掩耳的速度爬出，直接纏上了為首的朱諾。

大量的毒蠍見狀，立刻跑回主人身邊，牠們瘋狂地螫咬銅蛇，卻沒什麼作用。

最後是瑞文出手，直接用巫力扯下銅蛇，並扭斷它的腦袋。

「我不會讓你們得逞的。」伊甸從陰暗的角落裡走出。

「原來你在啊，我還以為你正在外面追著小鑽石到處跑……」朱諾一臉嫌惡地拉扯著身上被弄皺的衣服，「怎麼搞得這麼狼狽地回來？」

聞言，柯羅的胃一沉，他擔心自己的祕密會被戳破。

「被驅逐之人若要回到教廷，就應該受到審判。」

伊甸並沒有理會朱諾，銅蛇們不斷爬出，企圖將男巫們團團包圍，輾壓至窒息。但此刻的銅蛇看上去異常虛弱，瑞文不過幾個手勢，就讓它們互相糾纏在一起，打成一個詭異又巨大的蛇結。

「想阻止我們，你就來試試看啊。」朱諾微笑，他輕輕按住腹部。

對面的銜蛇男巫遲疑了片刻，也按住自己的腹部。

「敲敲門！」

兩名男巫同時喊出聲音，使魔分別從他們的肚子裡爬出，整座教廷大廳都在震盪。

雖然和伊甸一直處於敵對狀態，但此刻的柯羅暗自祈禱著伊甸和利維坦能夠多少拖住朱諾和瑞文前進的速度。

然而當利維坦爬出來時，牠的模樣卻讓柯羅的期望落空了。

「你那是什麼樣子？是誰把你弄成這樣的？」朱諾和他的使魔瑟兒同時發出尖銳的笑聲，他們嘲笑著此刻看來虛弱不堪的利維坦。

利維坦的頭頂只剩幾縷髮蛇，而且看起來又小又虛弱，完全遮掩不住牠醜陋猙獰的臉孔。牠憤怒地對著朱諾和瑟兒嘶吼：「向利維坦下跪！你們這群無知的愚民！」

利維坦的尾巴在身後拍打著，但牠原本粗壯雄厚的的尾巴，現在變得又細又長，像剛長出來的新生蛇尾。

鼓聲持續，瑟兒忍不住牠的笑聲，這惹惱了利維坦，牠飛到空中，朝出現在上方的瑟兒進行攻擊。

使魔攻擊著彼此，柯羅看向站在底下的伊甸。明明已經連自己都快撐不住了，他卻還是堅持站在原地阻擋他們。

「我很好奇，伊甸怎麼會把自己和使魔搞成這樣呢？」瑞文轉過頭看向柯羅。

柯羅什麼也沒說，他看著頭頂的利維坦試圖用尾巴刺穿瑟兒的胸口，幾千隻手卻從陰影處浮現，伸出被拔了指甲的血淋淋手指掐住牠，輕鬆地就把原本體型碩大的白膚使魔壓制在天花板上。

利維坦低聲嘶吼，牠細小又可憐的尾巴胡亂拍打。

伊甸站在原地，咳了一口血出來。他要維持站姿已經足夠困難，根本無暇專心在戰鬥這件事上。

「夠了吧？」柯羅看著瑞文。

「你什麼時候變得這麼有同情心了，忘記這東西是誰做出來的嗎？」瑞文從懷裡拿出了聚魔盒。

柯羅當然不會忘記。他一直都沒有忘記，這也是為什麼他從來就不喜歡伊甸的原因，但這不代表他喜歡看伊甸受到折磨。

「別這樣，伊甸不是我們的目標。」柯羅求情，「他的使魔已經是那個樣子了，根本沒辦法對抗我們。」

瑞文看著自己的小弟，卻沒說話，聚魔盒在他手中不斷被翻轉把玩著。

「我可以撕碎那偉大的利維坦嗎？」一旁的朱諾問，他和瑟兒都滿臉興奮。

考慮了片刻，瑞文搖頭，他張口咬破拇指，鮮血浸溼了他的手指。

「不，我有更好的主意，把利維坦扔過來吧。」

「把他扔過……」朱諾看向瑞文，隨後明白了他的意思，看著他手上的聚魔盒，「好吧，反正我也很好奇。」

朱諾將手指放在嘴邊，用力對瑟兒吹了聲口哨。

瑟兒發出笑聲，鼓聲不斷鳴擊，抓著利維坦的手開始像波浪般起伏移動，下一秒，它們將巨大的使魔甩到瑞文面前。

趴跪在地上的利維坦試圖爬起身攻擊，瑞文卻不慌不忙地舉起了手中的聚魔盒。

和有著獅子、老鷹和毒蛇的普通聚魔盒不同，達莉亞的聚魔盒上只有一隻極鴉家的烏鴉圖騰。

假的聚魔盒只需要滿足銜蛇的貪婪，讓上頭的毒蛇頭尾相連即可；真正的聚魔盒則需要血肉餵養，保持鮮活……瑞文用沾血的拇指撫過上面的圖騰。

「喝吧，母親，喝吧。」

三角形的聚魔盒吞進了瑞文的血，上頭的烏鴉圖騰便泛出血紅的光芒，朝著利維坦打開其中一面。

柯羅站在一旁，看著聚魔盒內散發出的紅色光暈，裡頭長滿著血與肉，看起來完全像另一個空間。有股溫暖的熱風吹出，帶著血腥和海水的氣味——很熟悉的氣味，柯羅說不上來在哪裡聞過，但眼淚卻莫名其妙地掉了下來。

原本凶猛的利維坦在看到聚魔盒後，忽然一反常態地向聚魔盒跪拜了起來，連站在朱諾身旁的瑟兒似乎都有所動搖。

「利維坦！你是偉大的利維坦啊！快站起來！」伊甸對著利維坦大吼。

利維坦卻沒有理會伊甸，牠糾結的臉孔放鬆，盯著聚魔盒喃喃說了句：

「這才是夠資格擁有偉大利維坦的巢穴。」

「利維坦！不行，我不能失去你啊！你是我們銜蛇家的使魔！」

隨後，使魔主動起身，不顧伊甸的叫喚，牠扭曲起高大壯碩的身材，變成了一條粗厚的白蛇，最後自己鑽進了達莉亞的聚魔盒內。

一陣強烈的熱風吹倒了步伐不穩的伊甸，聚魔盒在使魔爬進去之後自動闔起，又恢復成先前精緻小巧的模樣。

「利……維坦。」伊甸坐在地板上，眼淚從他毫無情緒的蛇眼裡掉出。他失去了他的使魔，那表示他所渴望的一切也將因此消失。

「不得不說，雖然你們是個自大又傲慢的家族，但你們的工藝確實無人能敵。」瑞文將手上的聚魔盒重新收至口袋內。

「你毀了一切！一切！」伊甸對著瑞文大吼。

「不，是你自己毀了一切，就像你父親一樣。」瑞文說，他手指輕輕一彈，伊甸便向後摔了出去。

「瑞文！」柯羅出聲阻止。

瑞文看了眼柯羅，隨後冷漠地看向朱諾，「伊甸就交給你處理，我和柯羅要去找勞倫斯。是時候讓他把圖麗還給我們，然後付出相應的代價了。」

「我怎麼處理都可以？」

「隨你便。」

朱諾笑咧著嘴，瑟兒的鼓聲逼近。

柯羅沒有反抗的餘地，瑞文的影子緊緊壓迫在他身上，瑞文開始往前走時，他也被拉扯著一起前進。

深深的無助感襲上，一切似乎已經無法挽回。

「那麼，你想被撕裂呢？還是想成為瑟兒的收藏品？」朱諾站到伊甸面前，沒了使魔的男巫什麼都不是。

伊甸抬頭看著朱諾，瑟兒從上方落下，要將自己抓進黑暗裡，而他身邊所有的一切都沒了，名譽、地位、使魔、約書……

伊甸閉上眼，忽然的槍響讓空中的瑟兒瞬間停手，轉身保護宿主。

瑟兒將朱諾拉進自己的空間內，而伊甸抬起頭，只見約書舉著獵槍站在前方，並對著他大喊：「快過來！」

投票決定後，雖然小仙女有很多抱怨，但卡麥兒還是被留在了黑萊塔照顧傷患，而約書則是帶著丹鹿和榭汀直奔白懷塔。

不過等他們到達時，教廷已處在攻擊之下，到處都是濃煙、火光，和死狀悽慘的教士。

而當他們一進到大廳內部，看到的就是這副景象——伊甸倒在地上，朱諾正準備讓瑟兒攻擊他。

約書想也不想就先開槍，但子彈很快就被使魔吸進自己的空間裡，牠掩護著朱諾進入安全的地方。

「快過來！」約書對著伊甸大喊，男巫卻只是躺在地上，失神地望著他。

約書正要上前，下一秒，地面卻竄出無數隻蒼白手臂抓住他的雙腳。他對著那些手開槍，擊退了一波，但仍然有第二波冒出來。

「哈，你們想要成對成為瑟兒的收藏品嗎？」朱諾的聲音從上方傳來，約書一抬頭，就看見瑟兒倒立在他面前，黑漆漆的皮下透露著惡意的笑容。

瑟兒剛要對約書伸出手，一股無形的力量卻將牠衝撞開來。

「瑟兒！」朱諾現身喊道。

使魔被扯下天花板，狼狽地摔落在一旁，牠旁邊的空氣中逐漸浮現一排白森森的獠牙。

看著白牙周遭逐漸變得毛茸茸的景象，朱諾皺起眉頭，望向約書的後方。

「真是狹路相逢啊，我們到底是跟你們針蠍家有什麼孽緣呢？」榭汀帶著丹鹿從後方跟上，而那隻深藍色的大貓則逐漸在瑟兒身上浮現，使魔柴郡就趴在那裡、笑得一臉奸詐。

「真是的，到底是哪個王八蛋向你們透漏了消息，每次好事都被你們這些傢伙打亂。」

朱諾不滿地看榭汀一行人，丹鹿正在替約書從那些不斷伸出的手裡脫困。

「這句話是我們要說的，瑞文和柯羅呢？已經去找圖麗了？」榭汀問。

「為什麼要告訴你們啊？」

「你不說我們也會逼你說。」榭汀站出去，地板的縫隙裡生長出藤蔓莖芽，逐漸往朱諾身上攀爬。

「你試試看啊。」但朱諾也不甘示弱，他的蠍子們湧出，用毒針不斷毒死生長的藤蔓。

兩名男巫注視著對方，他們同時大喊。

「柴郡！」

「瑟兒！」

柴郡對瑟兒露出利爪，地板上卻湧出大量的手要抓牠。但在瑟兒捕捉到柴郡之前，牠先一步從空中消失，轉而直接攻擊朱諾。

不過瑟兒的收藏品成千上萬，地上、天花板上不斷湧出蒼白的手臂來，試圖要困住柴郡。

另一方面，丹鹿好不容易才替約書從那些恐怖的死人手中脫困，一大群毒蠍卻不斷爬向他們和榭汀。

「噁、心、死、了！」

「千萬不要被螫到！」

丹鹿和約書猛踩那些蠍子。

榭汀試著替他們排除數量過於龐大的毒蠍，但他還要分神對付朱諾，加上占有了使魔和他兄弟力量的朱諾現在力量強大，榭汀幾乎無暇出手相助。

虛弱的伊甸站起身，他僅存的銅蛇們從身上爬出，凶猛地輾壓並撕咬著那些毒蠍，但很快的，那些銅蛇同樣淹沒在蠍子堆中，化為碎片。

毒蠍們也開始爬向伊甸，伊甸跪在地上，看著還在奮戰的約書，自己卻想放棄了。

或許就這樣結束了——

伊甸深吸一口氣，看著身後也湧上的另一批毒蠍，閉上了眼，毒蠍們迅速淹沒他的身體……

「伊甸！」

他聽見約書大喊著，預期中的死亡卻沒有降臨。毒蠍們只是爬過了他的身體，然後衝向另一批毒蠍，牠們就像起內鬨般瘋狂地螯著對方。

約書和丹鹿也看傻了眼，朱諾正要喝止打群架的蠍子，身後忽然有人拍了拍他的肩膀。

「喂，親愛的。」

朱諾才剛轉過頭，就被重重一拳打倒在地。

陌生的黑髮教士不知道什麼時候出現在朱諾身後，摩拳擦掌地吹著拳頭。

「不回來揍你一拳我實在是心有不甘，與其不乾不脆地活著，好像不如死了瞑目比較好。」

遮著被打腫的臉，朱諾莫名其妙地看著這個來路不明的教士，直到教士衣領裡的蠍子爬出，而教士又變回了原先的模樣——鮮紅短髮，長得跟朱諾一模一樣。

「賽勒！你回來了！」丹鹿驚喜地喊道。

「對、對，隨便啦，我可不是為了你們回……」傲嬌還沒耍完，賽勒也被爬起的朱諾一拳揍倒。

「幾個打一個，你們也很要臉嘛！」朱諾吐掉嘴裡的鮮血，緊握拳頭。

很多人看外表都以為他比賽勒柔弱，但他們都錯了，在力量均等的狀態下，他打起架來可不會輸給賽勒。

「那也是因為你不要臉在先啊！」賽勒笑了笑，衝上去就擒抱對方。

雙生兄弟打了起來，不只一旁的丹鹿和約書看傻了眼，幾個跟在瑞文和朱諾身後闖進來的流浪巫族，在進到大廳時也看傻了眼。

全場只有榭汀還在狀況內，他眼明手快地讓地板上的植物迅速生長，捲曲著困住那些流浪巫族，然後對著柴郡喊道：「柴郡！盡全力拖住瑟兒！」

柴郡點頭，凶殘地攻擊起針蠍家的使魔。

「約書！瑞文和柯羅可能已經往裡面走了，去找他們！」榭汀對著約書喊道。

「可是你們……」

「沒關係的，大學長，我會在旁邊。」丹鹿捲著袖子，站到榭汀身邊。

約書猶豫了片刻，直到他看見一瘸一拐的伊甸走來，手裡拿著他僅剩的巫毒娃娃們。

「你去吧，約書。」

約書看著伊甸，有那麼一瞬間，凝視著彼此的他們彷彿回到了最早之前的模樣。

朝伊甸點點頭後，約書獨自一人繼續前進。

CHAPTER

8

潘

渡鴉一路飛行，城市裡到處都是火光和煙霧，有孩子在街上大哭。

亞森記得瑞文第一次帶他回靈郡時，靈郡並不是這副模樣。那時候的靈郡春光明媚，古老但美麗，現在卻陷入一片前所未有的混亂。

在母親被人殺死後，亞森曾經想復仇，他希望能看到那些無知愚蠢的普通人也像他一樣陷入悲慘的地獄。

瑞文答應過，他會達成亞森的願望，而他確實也做到了他的承諾。

只是……看著路上無助的人們，亞森現在不確定這是不是自己想要的了。

他飛過一處公園，一張樹下的公園椅已被燒毀，但他依然認出那是他曾經和威廉坐在上頭長談的椅子。

那時候的一切都很安詳，亞森第一次遇到了和自己同齡、能聊得來的朋友；然而在瑞文的野心輾壓下，威廉現在還躺在天堂的甘露裡，被瑞文徹底拋棄……

這樣是對的嗎？

亞森在內心質疑著自己，他在靈郡上空幾乎飛過一整圈，最後才滑翔至那座也開始燃燒起來的白懷塔。

教士們在怒吼，舉著獵槍掃射；無名男巫們站在對面，用他們的巫力攻擊著教士。

一片陰影追在亞森身後，幾乎要覆蓋住整座白懷塔，但亞森卻無暇去理會。他是這麼的渺小，這麼的微不足道，如果回到瑞文身邊，瑞文會注意到自己嗎？

如果他也像這群男巫一樣，為了瑞文的野心而葬送性命，那麼威廉該怎麼辦？

亞森思索著，他飛進白懷塔內，只見大廳裡一團混亂。

有毒的藤蔓布滿了整座大廳，巨大的巫毒娃娃捶著地上的蠍群和試圖撲上去的無名男巫們，瑟兒和柴郡正在互相廝殺，而紅髮的針蠍們則是打成了一團。

丹鹿、榭汀與銜蛇男巫竟然聚在一起，應付著使魔、毒蠍，以及那群瑞文帶來的無名男巫。

然而即便占優勢，把大多數精力花在治療絲蘭和威廉之上的榭汀，似乎也已經感到疲乏。他架起的藤蔓在枯萎，柴郡卻因為和瑟兒的鬥爭而無法顧及主人。

瑟兒不斷大笑著，鼓聲震動，讓柴郡渾身的毛髮全都豎起。

朱諾正把賽勒壓在地上揍，沒有使用巫力，他們就像一對普通的兄弟般爭吵互毆。

亞森觀察著一切，心裡想的還是同樣的事，這一切是他想要的嗎？

「這次我不會手下留情的！我要你永遠消失！」朱諾掐住賽勒的頸子大吼。

瑟兒的收藏品也在柴郡為了攻擊撲向榭汀的男巫而現身時，出手抓住了牠。那些手緊緊掐在柴郡身上，將牠的身體捏得扭曲變形。

「針蠍只能留一個，而那個人將會是我！」朱諾殺紅了眼。

「賽勒！」丹鹿想過去幫助賽勒，但他身邊的伊甸已經支撐不住地倒了下去，而榭汀又需要保護。

亞森站在梁柱上，他本來應該俯衝下去幫助朱諾，順利達成瑞文的所有計畫，他本來應該這麼做的……此刻的他卻裹足不前。

即使不願意承認，他的內心深處也明白，那個叫約書的督導教士在黑萊塔裡對他說的話並不完全是假的。

或許瑞文並不是真心需要他的陪伴，但威廉卻是。

亞森抬起頭來，在一陣混亂中發出了清脆的鳥鳴。

「亞森？」

朱諾抬頭，他看著天上的渡鴉飛離白懷塔，一時有些恍神。

見狀，賽勒抓住機會一頭撞了上來，朱諾被擊倒在地，但很快又再度爬起，朝賽勒伸出手。

「去死吧！賽勒，我才是留下來的那個針蠍！」

賽勒捂著被揍痛的腹部爬起身，看著朝他湧來的大量毒蠍，只能站在原地等待痛苦來臨……

但蠍子們爬行到一半就停止了動作，連命令著牠們的朱諾也是。朱諾就這樣站在原地，忽然間紋絲不動，表情痛苦。

不只是蠍子和朱諾，正打算撕裂柴郡的瑟兒也突然靜止不動，他們維持著扭曲的姿勢，動彈不得。

賽勒滿心不解，直到他和丹鹿他們一樣，注意到了地板上的陰影。

整座白懷塔內部彷彿正在日落，黑色的影子如同潮水般從眾人腳下湧過，周遭變得一片漆黑。

賽勒沒有多想，趁著朱諾無法動彈，他衝上前，捧住他兄弟的臉，一口咬了上去。他也許失去了瑟兒和針蠍的稱號，但不表示他體內身為針蠍的毒液就不存在了。

「你……」朱諾瞪著他，眼球在下一秒全數染黑。

「抱歉了，兄弟，但我想我才會是留下來的那個。」

賽勒看著朱諾，他隨手掏出口袋裡的拆信刀交給對方，然後對著他命令道：「把瑟兒還給我，現在！」

朱諾用盡全力抵抗著，但就算強忍到青筋暴露，在賽勒強烈的蠍毒暗示下，他還是開始用拆信刀往自己腹部上割，將原本刺青上去的召喚陣割毀。

大量的鮮血流出，朱諾一臉不可置信地看著他的兄弟，那個和他長得一模一樣的男人，最後跪倒在地。

賽勒上前接住了他的兄弟。

黑影在同一時間褪去，並且繼續往白懷塔內部前進。

丹鹿不解地看著腳下逐漸離開的黑影，他自己的影子裸露出來……倏地，他看見影子中有亮晶晶的東西閃現，總覺得很像某人的髮色。

「萊特！」他試著叫喊，但那亮晶晶的東西已經隨著黑影離去。

另一方面，在朱諾倒下後，瑟兒就停止了動靜。

柴郡用尖牙和利爪將身上數百隻蒼白詭異的手全部斬斷，牠重新出現在瑟兒的上方，正要出手扭斷腦袋，榭汀卻叫停了牠。

「等等！柴郡，先回來……」

柴郡頓住，牠聽話地停下動作，跑回丹鹿身邊，用牠毛茸茸的身軀蹭著教士，然後嚇退想要上前繼續攻擊丹鹿的無名男巫。

賽勒看著懷裡的朱諾，和自己長得一模一樣的臉正盯著他，唇間溢著鮮血，卻還是要說話。

「媽的，我真是恨死你了……」

「我也是，兄弟，我也是。」賽勒輕輕按著朱諾的腹部。

「下輩子……絕對……不要做……兄……」朱諾的話沒能說完，他癱軟在賽勒懷裡，全身的重量漸漸下沉，像掉進魚缸底部的暹羅魚。

賽勒輕聲嘆息，「對，下輩子絕對不要做兄弟了。」

在朱諾完全閉上眼後，賽勒將朱諾的血水抹在了自己的腹部上。他抬頭看著靜止的瑟兒，瑟兒也低頭望著他。

「回來吧，瑟兒。」

使魔點點頭，這次爬回了賽勒的腹部內。

終於重新獲得力量，賽勒放下了臂彎中的朱諾，他站起身，看向榭汀、丹鹿，還有那些正準備繼續攻擊的無名男巫。

「好啦，接下來呢？」

圖麗看著窗外，濃煙和火光沖天，原本駐足在窗臺上的所有小鳥全在渡鴉的驅趕下離去。

十幾隻渡鴉站在窗外，紅色的眼珠全部緊緊盯著她。圖麗下意識地排斥著，伸手一揮，幾隻渡鴉被震倒在地，但又有更多渡鴉飛來，占據著窗口。

牠們堵滿了房間內所有的窗戶。

快跑，孩子，快跑，他來了。

圖麗的影子映在牆上，變得巨大駭人，卻沒有嚇走多少渡鴉。她逼不得已，提起裙襬準備離開房間，有人卻在這時闖了進來。

「圖麗！」

圖麗後退了幾步，進來的人是面容嚴肅而急切的勞倫斯。

「他來了，對嗎？」圖麗問。

「我們被突襲了，必須快點離開，伊甸正擋著他們。」勞倫斯拉起圖麗的手往外走去。

圖麗一踏出門，就看見大批全副武裝的教士站在門外，很多轟隆聲響從各處傳來，哀號聲也此起彼落。她心裡一沉，感到緊張不已，卻只能任勞倫斯拉著離開。

教士們一路護送，圖麗看著勞倫斯，她不知道他們能逃去哪裡，她這輩子就只在教廷生活過。

勞倫斯一路都沒有說話，擁著她走在教士群裡。

只是一群人急切的步伐才行進到一半，腳步聲便忽然消失。勞倫斯和圖麗同時注意到不對勁，走在最前方的那些教士也是，他們轉頭一看，跟在最後方的教士竟然全都停留在原地，舉槍對著他們。

「你們在做什麼？」勞倫斯喝斥著。

教士們的表情扭曲抽搐地微笑著，看起來驚悚可怕。他們沒有回應勞倫斯的喝斥，依舊高舉著手上的獵槍。

勞倫斯帶著圖麗往後退，原本護衛著兩人的其他教士卻也忽然轉向，對著他們舉起獵槍。羅倫斯及圖麗被團團包圍，進退不得。

勞倫斯環抱著圖麗，一時間走廊裡寂靜無聲，直到那個男人帶著柯羅從陰影處走出來。

「血鴉……瑞文。」勞倫斯咬牙，叫出那個被教廷禁止提起多年的名字。

「該把我的東西還給我了吧？」瑞文偏頭看向勞倫斯。

教士們學著瑞文的動作，偏頭看向勞倫斯。

「圖麗不是你的東西。」勞倫斯將圖麗擋在身後。

圖麗緊緊抓著勞倫斯的教士服，她只探出半張臉，看向她陌生的兄長。

「她也不是你的東西。」瑞文說。注意到圖麗的視線，他看向她，對著她微笑。

瑞文笑起來俊美和藹，眼裡卻沒有絲毫溫度。圖麗本能地感到害怕，他和柯羅的感覺完全不同，瑞文的出現讓空氣裡都充滿了血腥味。

瑞文看起來乾乾淨淨，卻令人有種他身上浸滿鮮血的錯覺。

「圖麗，來，過來我這邊吧？我們該回家了，回妳真正的家。」瑞文對著圖麗招手，溫柔友善得像是在叫喚小貓。

圖麗不知所措，站在前方的瑞文忽然變得像她的影子，巨大又猙獰。影子一邊提醒她勞倫斯抽屜裡的東西，一邊卻又向她叫喊著：「快逃、快逃！」

她做不出決定，她不知道自己該怎麼辦……

圖麗看向站在瑞文身後的柯羅，彷彿心有靈犀般，柯羅同樣看向她。他只是神情凝重地注視著她，彷彿也在等她做出決定。

「她不會跟你走，她是教廷的小白鳥，和你們是不一樣的存在，她是屬於教廷的人。」

「你閉嘴！」瑞文對著勞倫斯吼道。

瞬間，大主教的嘴似乎便被封了起來，他無法說話，只能狼狽地發出哀鳴。

「勞倫斯！」圖麗一臉擔心地看著蹲下身的男人。

就算她知道男人的抽屜裡藏著祕密，就算她知道他一直以來對她好，可能都只是想控制她，可是無論如何，這個人都是扶養她長大的人。

她確實和瑞文或柯羅不一樣。

「圖麗，快來……」見圖麗遲遲不願意來到他身邊，瑞文沉下臉來，那些被他控制的教士則是舉槍對準了勞倫斯。

「不行……不行。」圖麗小小的身軀環抱在勞倫斯身上，這讓瑞文非常不高興。

一個站在圖麗和勞倫斯面前的教士被迫舉起獵槍，對準了自己的下巴。

砰！

鮮血濺到圖麗的臉和她純白色的禮服上，教士立刻倒地。

「不要不聽話，快過來。」瑞文再次警告。

圖麗整個人都在顫抖，她一臉害怕地看著瑞文，僵硬地矗立在原地。柯羅彷彿在她身上看到了當年的自己。

「快點，不然我會一個個處決他們，包括那傢伙。」

一個教士被迫將倒地教士的槍遞給了勞倫斯，勞倫斯推開圖麗，他起身，顫抖地接過獵槍，並且和其他教士一樣用槍抵著自己。

柯羅站在瑞文身後，他繃緊神經，張開緊握的雙拳，腳下的影子不安分地竄動著。他一直在等著圖麗的反應，而圖麗的態度也已經很明顯了，她並不想跟瑞文離開。

就如同他先前所想的那樣，最終瑞文的想法都只是一廂情願而已。

「不！不要……拜託！」圖麗哭喊著。

柯羅看著瑞文，勞倫斯的手指已經扣上扳機，他很清楚，就算圖麗真的放棄抵抗、跟著他們離開，瑞文也不可能會放過對方。

「父親！圖麗！」走廊盡頭在這時傳來腳步聲，有個熟悉的聲音喊著圖麗的名字。

約書從走廊的另一端趕來，他舉著槍，毫不猶豫便先朝瑞文射擊。槍聲響起，子彈卻沒有順利擊中，從地上浮起的影子替瑞文擋下了子彈。

「伊甸去告狀了是嗎？」瑞文看起來被激怒了。

「是啊，我帶著我的伙伴來了，而且朱諾正被打得鼻青臉腫。」約書說，他不客氣地繼續朝瑞文開槍，但瑞文的影子只是越變越強壯。

瑞文瞪視著約書，默不作聲，他讓勞倫斯替代影子走到面前。

約書果然停止了射擊，但瑞文並不打算放過對方，他讓勞倫斯和那些教士整齊劃一地拿起獵槍，往自己的嘴裡放。

「等等！」約書叫喊道。

瑞文卻對他說了句：「砰！」

勞倫斯和教士聞言，紛紛動手扣壓扳機，但就在擊發前，他們的手指停滯不動，就像受到外力拉扯般，逼迫他們將獵槍拉離臉上。

瑞文不解地看了眼被他操控的教士，直到發現他們的影子全部被連接起來，一路延伸到他身後的柯羅腳下。

柯羅死死撐在那裡，做著把東西拉扯開來的動作，影子們全隨著他的動作被扯住，而影子的主人們也是。

「柯羅……」瑞文看著柯羅，表情悲傷又憤怒，眼裡是滿滿的失望，「為什麼？」

「她說了她不想……跟你離開！」柯羅緊咬牙根，瑞文的力量還是太強大，他幾乎用盡了全力在阻止教士們自殺。

瑞文深吸一口氣，他看著柯羅，語氣異常平靜。

「你也不想，是不是？」

柯羅沒說話，他的行為卻已經表明一切。他看向圖麗喊道：「趁現在！」

瑞文一回頭，就看見白色的小極鴉舉起她的手來，隨之而來的是一股強烈而無形的力量，用力將他衝撞開來。

圖麗朝瑞文伸著手，不斷朝他走去，而那股強大的壓迫感逼得瑞文節節向後退去。即使沒有使魔，圖麗身為大女巫，力量還是足以與瑞文抗衡。

可是被壓迫到整個身體幾乎趴伏在地的瑞文卻笑了起來，在約書得以靠近持槍的教士之前，他打響了手指。

勞倫斯手上的槍忽然對準約書。

「不行！」圖麗喊道。

約書猝不及防，就在勞倫斯朝著約書開槍的那一刻，反應過來的柯羅集中起精神，影子匯集在約書的影子上。

這次是約書的影子擋下了那幾發子彈。

但就在柯羅分神之際，其他教士們紛紛舉起獵槍，繼續先前的動作，一個一個朝自己開槍。

圖麗哭叫起來，柯羅張大眼，他所做的一切都成了徒勞無功。

「住手！快住手……你這下賤的男巫！」依然舉著獵槍的勞倫斯勉強可以說話，可是他也逐漸將槍口轉向了自己。

流著淚的圖麗回過神來，她用盡全力要將瑞文壓制在地上，瑞文卻抬起頭來看著她。

「妳很強大，但妳只是隻被關在白懷塔內的金絲雀寶寶而已，妳什麼都不懂。」

「我不是……」

「他們只是想要妳的能力，想要妳的子宮而已。沒有能力和沒有子宮的妳，對他們來說什麼都不是。」瑞文說著傷人的話，逐漸從地上爬起。

「不要聽他的話，圖麗！」柯羅喊著。

「妳以為妳真的跟我們不一樣嗎？想想我們的母親，等妳的能力逐漸成熟，妳只會變得和她一樣，沒人愛妳，所有人都只想利用妳。」瑞文卻繼續說著，「妳自己聽聽看那男人的實話。」

「我……需要……只有妳的……力量，我根本……不愛妳。」勞倫斯額際的青筋猙獰，他被逼迫著講完這些話。

圖麗看著勞倫斯，那一瞬間的恍神給了瑞文機會，瑞文將手按在腹部上——

「敲敲門。」

聽到那句熟悉的召喚，柯羅要奔向圖麗時已經來不及了。

頭上長著兩支又黑又大的犄角，被團團黑影包圍，有雙金色方瞳的使魔爬了出來。附在牠身上的黑影像燃燒中的烈焰，又像一對巨大的翅膀。

嬌小的圖麗整個人被使魔的陰影籠罩住，這是她第一次近距離看見使魔。

「潘。」瑞文第一次喊出了使魔的名字。

面貌朦朧的使魔——潘好奇地注視著女巫，湊近嗅聞她的氣味，然後像個孩子一樣自顧自地笑了起來。

圖麗伸手，試圖再次壓制瑞文和使魔，擋在前方的使魔卻紋絲不動。她退縮了，潘則是伸出牠尖銳的爪子，往女巫頭上輕輕一點。

「妳是棵小樹。」潘對著圖麗說。

語畢，圖麗忽然靜止在原地不動，就像棵真的小樹一樣。

見狀，柯羅和約書紛紛衝上前，潘卻揮動牠背上的翅膀，強勁的風像利刃一樣將兩人颳倒在地。

潘攀爬到圖麗身上，駐足在女孩背上，牠不停歪著腦袋四處張望，似乎在尋找什麼人。

約書剛要爬起來，身體卻不由自主地呈現跪姿，瑞文逼他抬起頭來看著他的父親。

「你是個……讓人失望的……孩子。」勞倫斯繼續被迫說著話，「如果你能……像我一點就好……」

這是實話或是謊話，約書並不知道，他只希望瑞文能停止這一切。但瑞文越過他，頭也不回地走向柯羅，然後對著背後的使魔說道：「你可以用餐了，潘。」

語畢，勞倫斯對著自己扣下扳機，隨著槍聲響起，血花濺開。

瑞文鎖住了約書的聲音，不讓他哭喊；而潘看起來有些意興闌珊，鮮血似乎已經讓牠厭煩，不過牠仍然匍匐到倒地的勞倫斯身上，沾著教廷裡所謂的高貴血液往嘴裡送，滿臉嫌惡。

看著滿地的血腥，錯愕的柯羅才剛爬起身，就被瑞文一把拎起，粗暴地壓在地上。

「你不是答應要跟隨我，和我還有圖麗重建家庭嗎？」

瑞文架著柯羅的雙手，怒火像從體內燃燒出來一般，他的衣服上冒著火花，焦灼的熱氣蒸騰。

「你騙我！你們都騙我！」

那股熱氣讓柯羅難以呼吸，瑞文的手像烙紅的鐵，讓他痛苦尖叫：

「住、住手……放開我！」

「為什麼不叫出蝕呢？你明明可以叫出蝕來對付我，為什麼不叫出來？」瑞文質問著在身下掙扎的柯羅。

柯羅不說話，他只是不停掙扎著，可是卻連身下的影子都被瑞文沉重地壓垮。

瑞文一掌按到柯羅的腹部上，他的臉色越來越冰冷，下一秒，他掐住了柯羅的頸子。

「你做了什麼？你在和萊特道別時做了什麼？」

柯羅雙頰漲紅，眼眶溢滿淚水，眼前隨著氧氣的缺乏而逐漸黑暗，他彷彿回到了在地獄裡那時看到的場景。

廚房、鬆餅、哭喊聲，只是這次被掐住的人是自己。

柯羅覺得自己在往下沉，沉進影子裡，沉進某人的懷抱裡。

「柯羅！」

掐在柯羅頸子上的力道忽然鬆開，視線再度清晰，空氣也重新湧進肺部。

原本壓在柯羅身上的瑞文喊著他的名字，不斷伸長了手要將他撈起，但他還是不斷往下沉；接著，他聽到有個耳熟的聲音在耳邊說著：「吸一大口氣，小太妃糖。」

柯羅吸了一大口氣，接著他完全沉進了自己的影子裡。

一片黑暗之中，有個傢伙緊緊抱住了他，好像永遠不會再放開似的。

CHAPTER

9

歸巢

周圍安靜無聲，沉入影子裡的柯羅被抱住，那人拉著他一起往上游。這讓他想起他獨自在甜湖鎮的湖裡奮力救著誰的畫面，只是這次情況相反，他是被救的那個人。

那個人拉著他努力往上游，像深海一樣又暗又模糊的空間裡，他只看見對方有頭亮晶晶的金髮。

「柯羅！」

隨著聲音的出現，柯羅被對方拉回地面之上。

深吸了口氣，柯羅被用力搖晃著，對方還伸手拍他腦袋，好像想把溢進他耳朵裡的影子全都拍出來似的。他的思緒慢慢凝聚，眼前的人也變得更加鮮明。

看著對方的金髮、藍眼還有擔憂的神情，柯羅眨了眨眼，把對方的容貌再仔細地刻畫在腦海裡一遍。

見他都不說話，對方的表情從擔憂、震驚再變到悲傷，整張白痴的臉都皺成了紅通通的酸梅，眼淚鼻涕都要跟著流出來了。

「泥、泥是不是不記得我……」

「萊特。」

柯羅沒想到自己還有機會再喊這個名字。

萊特跪坐在那裡，原本縮成酸梅的臉恢復成原樣一下下而已，又立刻變回了酸梅，這次眼淚鼻涕都跟著流出來了。

「泥……記得我！泥怎麼還記得我？」萊特痛哭流涕，那個白痴的臉和柯羅印象中的臉相差無幾。

他還記得，雖然被吃掉了那些重要的回憶，但是他和萊特的回憶不只那些而已。他們在寂眠谷經歷惡夢、他們在哭嚎山峰觀光、他們在苦惱河小鎮看著鬼魂跳舞……還有很多很多。

柯羅一直提醒著自己，絕對要記得一切。

「別耍白痴了，又不是被吃掉了所有的回憶……」柯羅想斥責萊特，在看到眼淚鼻水直流的萊特後卻忍不住笑出來，萊特擁抱他時他也沒拒絕。

「太好了！你還愛我，而且還是超愛我的！」

「沒有到超啦。」柯羅不知該從何吐槽起，他只是伸手抱緊對方，萊特的氣味和體溫都令他感到安心。

「抱歉我來晚了！我和蝕花了一些時間才從影子的世界偷渡到白懷塔來，路上還絆住了朱諾一下。」好不容易才放開柯羅，萊特擦著眼淚鼻水。

「從影子的世界？」柯羅不解。

話剛說完，黑漆漆的使魔伸展著豐潤的羽翼降落到萊特背後，這是柯羅第一次用這種角度觀看蝕。

待在他肚子裡十幾年的使魔已經不是他的使魔，而是在萊特身上。

「他是個很吵鬧的傢伙，不過上手挺快的。」蝕攀在萊特背後，對著柯羅笑咪咪道，「不過別擔心也別嫉妒，等我解決完和這傢伙的交易後，我會回到你身上的。」

「什麼交易？」

「先不說這個，圖麗和約書呢？」萊特打斷柯羅的問題，他轉頭看向蝕。

被提醒的柯羅轉身一看，望眼所見卻是一片漆黑，他們在蝕的房間之內。蝕哼了兩聲，牠揮揮手指，不遠處的兩個人影從黑漆漆的地上浮出。

圖麗就站在那裡，動也不動，而約書正抱著父親跪坐在一旁。

萊特和柯羅連忙跑了過去。

「圖麗！醒醒、快醒醒……」柯羅輕輕搖晃著無法動彈的圖麗，而萊特蹲下來查看約書手中的勞倫斯，但大主教已經完全失去了氣息。

「大學長……」萊特將手輕輕放在約書背上，他第一次看到總是面無表情的約書露出這麼難過的表情。

約書抬手擦掉臉上的淚水，他強忍著情緒抬起頭來詢問：「圖麗怎麼了？」

「是那個使魔……瑞文喊牠潘。」

「潘？」萊特起身，母親的贈禮不僅被瑞文奪走，還已經被賦予了名字。

柯羅說：「牠碰了一下圖麗的額頭，說她是一棵小樹，接著她就變成這樣了。」

萊特跟著起身查看圖麗的狀況，女孩無神地盯著前方，就像她真的是樹一樣。

「這可能是……潘的能力？」

歪著腦袋，萊特伸手握住圖麗的雙手，他有種古怪的直覺，女孩就像被催眠一般，真的認為自己是樹了。他注意到圖麗的額際上有一塊小小的黑漬，像是被人惡作劇地故意用指尖點上去一樣。

沒有多想，萊特伸手抹掉了她額際上的黑漬。

瞬間，圖麗眨起眼睛來，她恢復神智，終於可以動作。

「圖麗！」柯羅按住圖麗的肩膀，檢查她身上有沒有傷口。

圖麗看著自己的雙手和全身，她眨眨眼，困惑地說道：「我剛剛……夢見自己變成了一棵樹，我以為自己就是樹。」

「讓人做夢嗎？」萊特說。他記得母親曾經說過贈禮很特別，牠可以讓萊特身受重傷差點死掉，卻也可以做出這種無傷大雅的小惡作劇。

「勞倫……勞倫斯！」

轉身看到大主教倒在地上的圖麗立刻飛奔回對方身邊，可惜男人早就毫無聲息了。女孩大聲哭叫著，約書沒說什麼，只能陪在一旁安慰她。

「圖麗……」柯羅也想上前安慰女孩，可是才剛要邁開步伐，地上卻逐漸隆起一個高挑的人形。

「小心！」萊特立刻抓著柯羅往後退。

見狀，約書也拉起了不願意離開勞倫斯的圖麗往相反方向跑去。

那隆起的黑色人形越脹越大，形成了一顆巨大的黑色泡沫，就像膨脹到極限的氣球。

「看來有討厭鬼要闖進我的房間了。」蝕飛到萊特身後，尖銳的爪子扒在他肩膀上。「是本來要進去你肚子裡的討厭鬼嗎？」

「先別說這些，快幫我保護大學長和圖麗！」

蝕翻了翻白眼，牠伸手一揮，約書和圖麗便消失在黑暗之中，連同勞倫斯的屍體一起。就在他們剛消失的下一個瞬間，黑色的泡泡破滅，蝕的黑暗國王開始碎裂崩解，有奇怪的東西參雜進來。

那是……一群顏色像宇宙又像銀河的羊，和萊特的髮色一樣亮晶晶。

萊特和柯羅看傻了眼，不說他們還以為自己剛才不小心吸到迷幻藥了。

原先全黑的地面上也長出發亮的草來，站在迷幻的草原之中，萊特和柯羅一眼望去，發現一座小木屋就矗立在遠處。這個場景似曾相識，他們彷彿又回到了當初丹德莉恩和昆廷私奔的贈禮之地。

天空是黑的，地上卻是草原和成群的羊，萊特伸出手來，羊群卻像陣風一樣穿過了他們。

「小心，這應該是潘的房間。」柯羅拉住萊特。

「我第一次看到使魔的房間長這樣，這就是為什麼她會說牠是個怪咖嗎？」萊特喃喃自語。

「不要分心了！你們這兩個小白痴。」蝕的羽毛忽然全部聳立，就像炸毛的貓一樣。

一陣風湧起，草原像波浪一般翻滾而來，等湧到萊特他們面前時已然成為巨浪。

蝕抓著萊特和柯羅飛起，浪卻從他們腳下一路湧過，又從後方湧上。長著黑色畸角的使魔從裡頭張著黑焰般的翅膀飛出，飛得比蝕都還要高。

潘撲到蝕的背上，牠那雙金色眼珠和方形瞳孔直溜溜地盯著萊特。正當牠一臉好奇，伸出手指想觸碰萊特時，蝕憤怒地豎起所有羽毛，羽毛像針刺一樣地貫穿了牠身上的潘。

潘發出痛呼，不過依然緊緊攀在蝕身上，牠用手指往自己額際上一點，「我是蝕。」

蝕看起來被徹底激怒了，只是下一秒潘身上的黑焰就像蝕的羽毛一樣，變得又尖又銳利，也貫穿蝕的全身。

蝕發出叫聲，放掉了手上的萊特和柯羅。

萊特和柯羅滾落在草地上，兩個人摔得很慘，一個躺著一個趴著，一抬起頭，只看到兩隻使魔像刺蝟般貫穿對方，扭打著摔落在不遠處。

蝕面目猙獰地張開翅膀，潘也學著牠張開翅膀。黑影在地下竄動，就像鏡面一樣，牠們的影子模仿著對方的影子，試圖吞噬對方。

「牠連自己也可以催眠嗎？」

「小心不要被牠碰到……」萊特起身，正要拉起柯羅，一股力量忽然從後方擊中他的背，他整個人直接往前摔飛出去。

「萊特！」

柯羅一轉頭，只見瑞文就站在那裡，他的眼神冷酷，全身都帶著殺意。點點星火在他的衣服和頭髮間跳躍著，他像柯羅一樣打著響指，萊特的黑色大衣立刻竄燒起火苗。

萊特急忙脫下著火的外套，將髮尾上的火花拍掉。

「住手！瑞文！」柯羅大喊。

看著瑞文一步一步走向萊特，柯羅伸手扯住瑞文的影子不讓他動彈，但瑞文的影子卻傳來燒灼的熱氣，燙紅了柯羅的手。

柯羅發出痛呼，他拚死想忍住，可是皮膚開始沾黏在影子上的痛楚逼得他不得不放手。

重新能夠活動的瑞文伸手一揮，草原燃燒起來，用一圈厚厚的烈焰圍困住柯羅。

萊特試圖爬起來逃跑，但每當他一起身，瑞文便出手攻擊，滾燙的熱風不斷擊倒他，燒焦的熱氣嗆得他難以呼吸。

「要是沒有你就沒問題了，一切都不會有問題的。」瑞文說著，再次打起響指。

一道火焰竄向萊特，閃避不及的萊特舉起雙手抵擋，正準備承受高溫，那些一直到處遊蕩亂竄、似乎生活在潘的房間裡的羊群卻正好成群結隊地出現，經過萊特面前。

很幸運的，火焰不偏不倚地燒向牠們，幾隻綿羊就像泡泡般啵一聲消失了，但大部分的綿羊只是自顧自地啃著地上的草，一副安然無恙的模樣。

萊特剛鬆了口氣，腳下忽然被用力一扯，整個人在地上被拖行著。

瑞文從轟然的火堆之中走出，他手上不斷拉扯著萊特的影子，要將他拉向自己。

萊特掙扎著猛抓草地，他甚至試圖要抓住那些一臉愜意地吃著草的綿羊，但綿羊們就像空氣、像棉花糖，他什麼也沒能抓住。

瑞文手上燃起了火焰，正要甩向萊特，天空上卻出現刺眼的閃光。閃光讓萊特的影子短暫消失，給了他逃跑的機會。

「萊特！快來！」

柯羅站在他變得巨大無比的影子上，影子跨過火圈，伸手將萊特從地上撈起來逃跑。

「潘！阻止他們。」瑞文抬頭對使魔喊道。

原本正在和蝕互相殘殺的潘飛起，閃躲過從天上伸下來的多隻黑色手影，牠飛向柯羅和萊特，直接將柯羅的影子撞成碎片。

兩人再次墜落，那些閒著沒事幹的綿羊又移動過來，穩穩地接住他們。

不過躺在羊群堆上的萊特和柯羅已經開始疲於奔命，望著再次朝他們走來的瑞文，萊特和柯羅互看一眼後，萊特也朝天喊起了使魔的名字：「蝕！」甩掉插在身上的尖銳黑影，蝕重新伸展翅膀，從天上迅速落下，正要降在瑞文身上，那隻長著黑畸角的使魔卻又學著牠從影子裡爬出，攀到瑞文身上。

更可惡的是，地上的黑影裡也衝出大量帶著奇怪色彩的影子手。

不斷被模仿的蝕感到極度火大，牠俊美的臉孔變得又尖又凸，原本的薄唇變形成巨大的烏鴉鳥喙，牠張嘴就撕裂了那些影子手，然後準備一口咬掉潘和瑞文的頭。

潘卻拉著瑞文潛進影子裡。

蝕發出了讓人恐懼的嘎嘎叫聲，毫不猶豫地一同衝進影子內。

平原上頓時一陣寂靜，萊特和柯羅背靠背被圍在羊群之中，他們緊緊抓著彼此的手，沒人知道下一秒會發生什麼事。

才安靜了幾秒而已，從地面傳上來的震動讓萊特和柯羅紛紛往腳下望去。他們兩個的影子像同心圓般融合著，而且越擴散越大，羊群紛紛遠離他們身邊。

「快跑！」

意識到有東西要衝上來的柯羅猛推萊特一把，長著翅膀的黑影便像獵鷹般迅速從底下竄出，一把扯住柯羅的腿，將他帶往空中。

「柯羅！」萊特喊著的同時蝕也了衝出來，牠追著潘飛上天。

兩隻使魔就像兩道影子，互相糾纏不放。蝕聳起翅膀上的毛髮要攻擊對方，卻被萊特喊停：「不行！你會傷到柯羅！」

蝕臨時縮起翅膀，但潘卻回以相同的攻擊，眨眼間，形狀如同利刃的黑影如雨落下。

蝕在刀雨中穿梭著，利刃劃傷牠的翅膀，卻沒能阻止牠。使魔展翅飛到潘面前，黑色羽翼又大又雄偉，幾乎瀰漫整片天際。

「你這個愛學人的臭傢伙，我一定會吃掉你、撕裂你、讓你連骨頭都不剩！」蝕發出了恐怖又低沉的聲音，牠合起雙手來。

龐大的黑霧隨著牠的動作從兩邊凝聚起來，要將潘擠壓在其中，輾壓磨碎。

潘卻忽然將手中的柯羅丟向蝕，蝕反射性地接住了前宿主，卻讓潘有機會飛到牠面前。

「你只是一隻蛋裡的小鳥而已。」潘說，牠用食指往蝕的額頭上一碰。

就這麼輕輕一碰而已，蝕便忽然像失去意識般，牠放開了手中的柯羅，隨他一同墜往地面。

萊特想衝上前接住柯羅，卻被人從身後一腳踹倒，熱氣和血腥的氣味也從後方竄出。

瑞文出現在萊特身後，一雙血紅的眼盯著他。

柯羅直直落下，潘在他墜地前接住了他，蝕則是直接砸落在地，牠用羽翼裹著自己，形態就像顆蛋一樣。

瑞文望向潘懷裡的柯羅，他冷漠地盯著他的小弟，一邊踩上了萊特的腿，「我對你很失望。」

萊特發出痛呼，卻又再次被踢了一腳。

「住手！你不要傷害他！」柯羅喊道。

可是瑞文卻只是踩得更加用力，幾乎要將萊特的腳踝踩斷。

「瑞文！住手，拜託！我、我跟你走就是了……我保證這次一定會乖乖跟著你離開，帶著圖麗一起！好嗎？」

瑞文看著柯羅，他收回腳，笑了起來，下一秒卻對著柯羅怒吼：「你以為我還會相信你嗎？我一定會把這傢伙燒成灰燼，讓他永遠從世界上消失，連地獄也不會讓他去！」

看著面露痛苦的萊特，柯羅知道瑞文是不可能放過他的。咬緊牙根，柯羅決定放手一搏，他讓自己的影子用力釘在瑞文的影子上，然後對著萊特大喊：「快跑！萊特！」

可是潘卻從他身後伸出手指來，往他額頭上點了一下。

柯羅聽見潘在他耳邊細語：「你是個乖孩子，你站在這裡，看著哥哥處理不認識的麻煩。」

下一秒，一片花白襲擊了柯羅的視野，他的腦袋變得愚鈍，他的動作也變得遲緩。等柯羅再張開眼時，他只看到亮晶晶的東西逃往不遠處的木屋，而十五歲的瑞文就站在那裡，用讓他感到陌生的眼神看著他。

「乖乖待著，等我。」瑞文說，沒有微笑也沒有拍他的腦袋，他只是追著那頭亮晶晶的生物前往木屋。

他身後的潘追了上去，但此刻的潘看起來不像之前那麼恐怖，牠長著四個蹄子，渾身白毛，頭上長著角，既像羊，又像獨角獸。

柯羅愣愣地站在原地，他轉頭望去，蝕就蜷縮在那裡，像顆蛋一樣。

柯羅皺眉，總覺得有什麼很重要的東西忘記了，但是是什麼？他的腦袋裡彷彿有一片迷霧，蓋住了他想記得的東西。

到底是什麼？

柯羅看著自己的掌心，上頭都是燙傷的痕跡，很痛，不過他依稀記得自己曾經在上面不斷地寫著某個名字，那個名字是什麼呢？

萊特一瘸一拐地往木屋逃。

柯羅被潘下了催眠後就一直呆站在原地，不過萊特想著這或許是好事，這樣柯羅暫時應該就不會有危險了。

「哇啊！」

一團烈焰襲來，要不是萊特閃得快，大概早就變成火球了。

看著殺氣騰騰追來的瑞文，萊特心想，現在最危險的應該是自己。綿羊們彷彿是刻意要幫助他似的，一團一團地圍過來擋在瑞文面前，讓萊特有時間拉開距離。

只可惜現在的瑞文已然瘋狂，面對蓬鬆又可愛的綿羊，他依然能夠心狠手辣地直接燒掉。

萊特也不知道要往哪裡跑，他被困在潘的房間裡，根本無處可逃。直覺讓他逃往木屋，那座他父母曾經帶著他度過一段安詳時日的巢穴。

只是剛爬上階梯、碰到門把，萊特就被一腳踹進了屋裡。

瑞文站在那裡，潘攀在他背後，像巨大的黑色翅膀，又像火焰。此刻的瑞文看起來不像人類，而是像頭怪物。

「一切都是因你而起。」瑞文說。

「我根本什麼也沒做。」萊特往後退著，直到再也沒有退路。

「不，你的存在本身就是錯誤，如果不是因為你，他不會離開。」

「誰？」

瑞文沒有回答，他垂下眼，只有那一秒的哀傷讓他看起來像個人。

「他不會離開，柯羅也不會想要離開，結果因為你，他們全都想離我而去。」

「我不認為那是因為我他們才想離你而去……」

「閉嘴！」瑞文的怒吼讓他背後的潘跟著聳起翅膀，黑色的火焰竄燒整棟木屋。

萊特被困在其中，毫無退路。

「如果你不在，或許他們就會回來了。」瑞文蹲下身，笑眯了眼。

柯羅看著自己的掌心，一遍又一遍地反覆想著，他想寫在上面的名字到底是什麼。

他用手指在手心上劃了幾下，疼痛讓他瑟縮，本來想停止，可是心裡那種必須記起來的聲音卻不斷壯大。

記住。

不管怎樣都要記住。

柯羅忍著疼痛，不斷在手心裡寫著什麼，他要寫下那名字三次，然後吞進肚子裡，這樣就永遠不會忘記了。

三次，那個人的名字。

萊

快想起來，快想起來……

柯羅想不起全部的名字，他挫敗地滴著眼淚，直到有道亮晶晶的人影出現在面前。那個人影只有隱約的形體，她有頭如瀑布般的漂亮長髮，顏色像寶石一樣。

那個人影什麼也沒說，她只是伸出手指，溫柔地替柯羅抹去額際上的髒汙。

萊特

一陣風吹來，將人影從柯羅面前吹散的同時，他腦海裡終於記起了他要記起的名字。他轉頭張望，人影卻已經不在了。

木屋裡傳來的巨大聲響拉回了柯羅的注意力，他看了眼竄起黑色火焰的木屋，又轉頭看向將自己縮成一顆蛋的蝕。

衝向蝕，柯羅擠進牠豐潤的羽毛內，伸出手用力替牠抹去額際上的髒汙。

萊特的頸子和氣管被擠壓、掐緊，頸項上的肌膚也因為高溫而泛出燒焦的氣味。

瑞文跨坐在萊特身上，用雙手緊緊掐著萊特的頸子。

「我希望你在生命的最後感受著痛苦離開，你奪走了我的一切！」

「我沒……」

萊特沒氣了，他的意識開始模糊。他緊抓著瑞文的手，卻沒力氣將箝制在頸項上的雙手拉開，他的身體從緊繃到開始癱軟，視線跟著意識一同渙散。

萊特看著天花板，甚至開始出現幻覺，看到形似昆廷的半透明身影從眼前晃過。

也許是要來接他的，萊特想著。可是那抹影子卻只是悠然自得地在木屋裡做著一些很日常的事，他一下走到廚房裡做著倒水的動作，一下又在客廳裡閒晃。

最重要的是，能看到那抹影子的人似乎不只有他……瑞文緊掐在他脖頸上的手鬆開，他的視線和萊特一致，凝望著正站在一旁的半透明身影。

「昆廷？」從瑞文嘴裡吐出了這個名字，他收回手，抬頭仰望那道身影。

那一瞬間的瑞文看起來很無助，只是看著那形似昆廷、虛無飄渺的影子。影子面向著他，卻沒有五官和容顏，瑞文永遠也不會知道那抹影子是否也正凝視著他。

「昆……」瑞文起身，想要去觸碰那抹身影。

萊特才剛喘過氣來，就看見瑞文腳下的影子長長地延伸，甚至撲熄了原本延燒的黑色烈焰。

巨大的黑影從影子中竄出，牠蒼白俊美的臉孔顯得冷酷又狂暴。

蝕張開了翅膀，在潘和瑞文都反應不及的狀態下，伸出如鷹爪般尖銳的雙手，一把抓住瑞文身上的潘，將牠撕扯開來。

潘尖叫著，牠身上的黑焰像果皮一樣被剝掉。

蝕捏緊牠、壓縮牠，接著張開裂開的大嘴，一口將潘吞了進去。

「不！」

瑞文回頭，就只是這麼短暫的分神，他的使魔被吞進了肚子裡，而他原本就要碰觸到的身影也隨之消失不見。

蝕沒有給瑞文反擊的機會，牠的羽翼豎立，一根根站起的羽毛像針刺一般貫穿瑞文的身體。

萊特看著眼前的景象，一切似乎都靜止在那一刻，直到蝕收回羽翼，而瑞文倒在地上。

蝕像隻大狗般甩了甩翅膀，將沾在上頭的血全數甩淨，對於取人性命這種事，牠一點感覺也沒有，彷彿剛剛只是順手完成了一件日常瑣事而已。

柯羅從蝕的身後走出，他看著身上逐漸被鮮血浸染的瑞文，沉沉嘆息。

「柯羅……」

萊特一臉擔心地看著他，柯羅卻搖搖頭，示意自己沒事。他來到瑞文身邊，躺在地上的瑞文還有一絲虛弱的氣息。

瑞文全身都動不了，只是緩緩地移動視線，看向柯羅。

柯羅蹲下身來，靜靜地看著瑞文。

「對不起，我很抱歉我們沒辦法回到從前的日子，你曾經是個很好的兄長。」柯羅發自內心說道。

瑞文沒有說話，他深吸了口氣，靜靜吐息，又看向原本那道身影存在的地方，似乎希望能再一次看到它出現。

只是那道身影最後並沒有再現，瑞文也沒了動靜。

柯羅看著瑞文，輕輕替他將雙眼闔上，這麼多年過去，他早已忘記瑞文也曾經有過如此平靜安詳的表情。他看著他，好好地記住了他的臉，最後一次緊緊抱住他的兄長

萊特踉蹌地來到柯羅身邊，將手放到他的背上輕拍，一臉擔心地看著他。

柯羅沒說什麼，他用手背抹了把雙眼，然後檢查著萊特的全身上下。

「你沒事吧？還有沒有哪裡受傷？」

萊特的頸子上留下了燙傷的痕跡，就跟瑞文頸子上的相似。

「還活著，所以沒有大礙吧。」萊特問：「你呢？」

「還記得你，所以沒有大礙吧。」柯羅的回答讓萊特笑了。

只是一旁的蝕好像不太高興，牠不斷地鼓動著胸口，羽毛一下炸開一下收回去。

萊特和柯羅互望一眼，他們都忘記還有一個最麻煩的東西要處理了。

蝕一直做著奇怪的動作，就在萊特和柯羅紛紛露出嫌惡的目光之下，黑

暗之王忽然哇啦一聲吐了。

萊特差點要跟著吐了，只是蝕吐出來的竟然是一堆像彩虹一樣的詭異液體，而液體中間躺著一隻長著兩支犄角，像羊寶寶又像獨角獸寶寶的東西。

「這東西吃起來實在太噁心了。」蝕擦著嘴，還在渾身打冷顫。

萊特和柯羅驚訝地看著那坨使魔寶寶，牠在地上掙扎了一下，接著完好無缺地站起來，甩了甩身上的皮毛，濺得萊特和柯羅滿身彩虹。

接著牠繞起圈圈，視線最後定格在萊特身上。

使魔寶寶的尾巴搖晃，踏著輕快的步伐朝萊特走去，看起來相當友善。

「怎麼回事？」萊特看著猛蹭自己的使魔寶寶，轉頭問柯羅。

「這很像使魔的幼年型態，被蝕吃掉了外皮，可能牠裡面就是長這樣。」柯羅不確定，但那確實是寶寶沒錯。

那隻幼小的使魔用頭頂著萊特的肚子，像是要鑽進去一樣。

「那現在是我的巢穴，你這臭東西！」蝕凶著那隻使魔寶寶，不過寶寶看起來也不怕，一臉好奇地歪頭盯著蝕。

萊特注意到地上的黑色蹄印，那些沾染在潘身上的黑色物質似乎還沒被消化掉。他看著蹄印，又看著蝕。

「現在，事情都解決了，我該獲得我的美酒和佳餚了吧？小鑽石。」蝕居高臨下地盯著萊特。

柯羅渾身緊繃起來，他緊緊抓著萊特，「你答應了和牠的交易嗎？你都答應了些什麼？」

「他答應了要讓我吃掉他所有的美好記憶，包含你、包含他的所有同伴。」蝕咧嘴而笑，嘻嘻嘻地，嘴裡還冒出了彩虹糖的甜味。

「這要求太過分了！你會直接把他整個人吞噬殆盡……」柯羅要起身，卻被萊特拉住。

「怎麼會過分？他還會活著，只是變成行屍走肉而已，而且這不是我們當初說好的嗎？」蝕說，「保住他的性命，然後再讓我回到你的身體裡，我們可沒約定不能吃他的記憶。」

「但是……」

「別廢話了！小鑽石，乖乖為我獻上你的美酒和佳餚，這是你當初答應我的！」蝕振翅威嚇萊特和柯羅。

明明知道沒有勝算，柯羅卻不斷想站出來擋下這一切，但萊特依然緊緊拉著他。

不像柯羅這麼激動，萊特彷彿接受了自己的下場，他只是一臉平靜地笑著對著柯羅說：「沒關係的，柯羅，我相信不管怎樣我都一定會想辦法記得你，就像你記得我一樣。」

「不行，萊特，你會崩潰的……」

「不，我不會，因為我知道你會在我背後支撐著我。」萊特一臉堅定，他像撈著寵物狗一樣撈起使魔寶寶，勇敢地站起身，抬頭挺胸地面對著蝕。

「你準備好了嗎？」

「好了。」

「我會飽餐一頓的。」

蝕嘻嘻笑著，帶著猙獰的面容，牠湊到萊特面前，並且張開血盆大口。

這些時間以來的記憶，關於萊特的所有一切，他的祖父、父母、鹿學長、教士伙伴和黑萊塔的男巫們，以及最重要的——柯羅——所有有關他們的回憶都像跑馬燈一樣在蝕眼前播放著。

牠止不住地貪婪大笑，並且貪心地將這些記憶不斷不斷塞進嘴裡。牠大概會撐破肚皮，不過牠不在乎，這麼好吃的美食，牠會全部吃得一乾二淨。

蝕呼嚕嚕地將回憶塞進嘴裡，可是不知道為什麼，牠就是沒有吃飽的感覺，肚皮明明都撐大了啊……

牠的視線暫時從美食放回萊特和柯羅身上，本該哭天喊地的兩個傢伙現在卻雙眼瞪得大大地看著牠，像在看什麼實驗品一樣。

蝕不解，直到牠看見萊特手上捧著的使魔寶寶，寶寶的羊蹄上沾著黑色的汙漬，就剩一點點而已。

接著，牠聽見萊特對著柯羅喊道：「柯羅！請蝕歸巢！」

CHAPTER 10

烏鴉與白羊

「你準備好了嗎？」

「好了。」

「我會飽餐一頓的。」

在蝕這麼說時，萊特的心臟撲通撲通狂跳，不是心動的那種，是腎上腺素被激發的命危感。他有個想法，可能會失敗，危險性很高，不過都到這個地步了，試驗一下也無傷大雅。

因為就算失敗了，柯羅也一定會想辦法救他的，反正哪次沒救，他這麼愛他……

當蝕張開嘴湊上來時，萊特緊張地吞了口唾沫，他抓準時機，將手中的使魔寶寶舉得又高又直，像獅子王辛巴一樣。

使魔寶寶也很配合，伸出牠的小蹄子，輕輕往蝕的額頭上一點。

「你吃到了你所想要的美酒與佳餚，飽足的你決定是時候回歸真正的巢穴了。」萊特念了一串。

原本張大了嘴的蝕腦袋往後一揚，牠咯咯咯地笑了起來，忽然狂暴地吃起了空氣中不存在的東西。

萊特和柯羅愣愣地看著蝕的空氣進食秀，在他們互相交換眼神，確認彼此沒有大礙後，萊特對著柯羅大喊：「柯羅！請蝕歸巢！真正的巢穴！」

真正的巢穴。

柯羅立刻反應過來，他迅速翻找出瑞文藏在口袋中的聚魔盒，在最後看了眼瑞文後，他將那像珠寶盒般的聚魔盒對準了蝕打開。

「你得到了你的美酒與佳餚，請歸巢吧！蝕！」

蝕龐大的身軀果然不由自主地爬向達莉亞的聚魔盒，牠的身體、影子和整個房間都逐漸被吸入聚魔盒內。

但在最後，牠似乎恢復了些許意識。

「不……你們騙我……你們這兩個小王八蛋！」蝕顫抖地吼著，牠想爬出聚魔盒，無奈聚魔盒已經逐漸將牠吞噬，「你們就不要……讓我有機會……再……」

蝕沒能把話說完，聚魔盒將牠吸了進去，整個黑暗的空間也全部被吸入其中。達莉亞的聚魔盒在吸走一切黑暗之後，自己將門闔上。

抱著使魔寶寶的萊特和柯羅站在彼此面前，他們看著柯羅手中的聚魔盒，又看向彼此、看向周遭。

他們已經回到了殘破不堪的教廷內，一切都恢復成原狀，只是已經沒有瑞文、沒有蝕和其他威脅存在。

所有的紛亂彷彿在這一瞬間全數回歸平靜。

「萊特……」

「柯羅……」

兩個男巫看著彼此，直到這一刻他們才真正湧現重逢的喜悅。

「你不要哭，我會跟著哭啦！」

「白痴，我才沒有哭……」

萊特和柯羅緊緊抱住彼此，這次他們決定不會再分開了。

「萊特！柯羅！」

遠遠的，腳步聲和叫喊聲傳來，萊特和柯羅把眼淚和鼻水抹在對方身上，兩人抬起頭。走廊的另一端，丹鹿和榭汀揮著手一路跑來，約書懷抱著圖麗跟在後面，而最後方還跟了個拖油瓶賽勒。

萊特興奮地跟著揮手，約書向他頷首示意，情緒很平靜。在他們待在使魔房間裡的這段期間，白懷塔內的動亂似乎已經獲得了控制，只除了——

「咩咩咩！」

萊特懷裡的使魔寶寶發出羊一般的叫聲，牠在萊特懷裡，啪啪啪地搖晃著尾巴，就樣一隻寵物狗一樣。

萊特和柯羅尷尬地看著兩人手中的聚魔盒和使魔寶寶，他們離完全的平靜似乎還有一段距離。

——十天後，靈郡，黑萊塔醫護室。

電視上，新聞畫面中，穿著一襲黑衣的約書正牽著同樣穿著一襲黑禮服的圖麗，出席了大主教勞倫斯的葬禮。

大量的教士和靈郡裡虔誠的居民正齊聚在埋葬鷹派教士的寂眠谷內，哀悼著大主教的離世。

新聞跑馬燈不斷跑著教廷正在努力修復動亂造成的一切損害、如何重建秩序，以及約書．克拉瑪將在何時繼承大主教一位的資訊。

大病初癒的絲蘭躺在病床上，他無聊地轉臺，政論節目裡正激烈地討論著約書．克拉瑪這個年輕人，在如此沒有經驗的情況下繼承大主教一職是否妥當？人民又是否該聽從大女巫的意見，讓約書．克拉瑪名正言順地繼任？

這種愚昧的世襲制度是否該改進？大女巫和黑萊塔男巫的制度在發生了這麼多動亂之後，又是否該繼續存在？

白鴉協約呢？還有必要遵……

絲蘭關掉電視，與其看電視裡的人唇槍舌劍地說著他們根本不懂的事，不如不要看。他嘆息，伸長手拿起鏡子往自己臉上一照，此時的他年齡看起來就像個小學男生。

榭汀說他會慢慢恢復改變面貌的能力，但他必須小心使用，因為他的身體已經沒辦法像以前那樣隨心所欲了。

絲蘭放下鏡子，輕輕嘆息，他並沒有太在意這件事。鬼門關走一遭後，他發現自己已經不是那麼在意是否擁有這些強大的力量了，他現在唯一在意的只有一件事、一個人……

「絲蘭先生，今天有好一點嗎？」

卡麥兒端著一盤削成……呃，姑且說它們是兔子形狀的蘋果走進來，蜘蛛們跟在她身後又跳又鬧。

「我很好。」絲蘭說，他下意識地摸著臉，甚至用棉被裹住自己。

「不要藏啦，不是都說了我早就知道了嗎？而且像小男生有什麼不好？很可愛啊！」卡麥兒坐在病床邊，替絲蘭鋪著餐巾。

絲蘭什麼也沒說，倒是蜘蛛們不斷在卡麥兒頭頂編出愛心蜘蛛網，非常惱人。

「有什麼好？這樣以後出去還得了，別人會以為妳是我的誰？」絲蘭放棄似地躺在病床上，讓卡麥兒餵食。

卡麥兒一臉不解地歪著腦袋，「你想要我是你的誰？」

絲蘭被蘋果一口噎住了，蜘蛛們在卡麥兒頭頂上織出更多更多的愛心。

「沒、沒什麼啦！」緩過氣來的絲蘭順順胸口，覺得自己像個白痴一樣。

卡麥兒只是笑了笑，沒多說什麼。她靜靜地看著絲蘭，替他抹掉唇邊的蘋果，然後才暴言：「不過，如果是想要偷偷出去約會，可能真的你年紀再變大一點會比較好。」

絲蘭一下子漲紅臉，卡麥兒身後的愛心已經多到蜘蛛絲都要落了滿地。

「我……」

絲蘭正想說什麼，卡麥兒卻又沒頭沒腦地說道：「不過，絲蘭先生不後悔嗎？」

「什麼？」

「把肚子裡的寶貝交出去？」卡麥兒看著絲蘭平坦的腹部。

幾天前，萊特和柯羅帶著聚魔盒回到黑萊塔，他們讓絲蘭做一個選擇，而絲蘭最後的選擇出乎了眾人的意料。

絲蘭思索著卡麥兒的問題，最後搖搖頭，「不，我不後悔，亞拉妮克雖然曾經是我的寶藏、我的伙伴，但現在我有更重要的人了……」

絲蘭看向卡麥兒，他決定不再讓自己有機會忘掉卡麥兒的面容或一切資訊。

卡麥兒也凝望絲蘭，兩人相視而笑。

「萊特嗎？」

「不、不是啦！怎麼會是他……」

「開玩笑啦！」

蜘蛛們在卡麥兒背後織出了大張的蜘蛛網，上面寫著「整人大爆笑」，而其中幾隻蜘蛛跳上遙控器，打開電視。

新聞繼續播報著教廷通緝犯，疑似殺害大主教勞倫斯的共謀嫌疑犯，萊特．蕭伍德以及夜鴉柯羅依然在逃，追捕將持續進……

蜘蛛們覺得無聊，於是繼續跳著，直到電視轉到了卡通頻道為止。

圖麗和約書穿著一襲哀悼的黑衣坐在黑頭轎車內，兩人間的氣氛凝重，久久都沒有說話。

勞倫斯走後，圖麗哭了好久，即使是在她得知勞倫斯曾經也有摘取她的子宮、製成聚魔盒的意圖之後。養育之人畢竟還是養育之人，圖麗與父親的連結，或許遠比他這個做為親生兒子的連結都還要來得強烈。

不過，少女也遠比他所想像的更堅強。

在哭了幾天之後，少女換上禮服，走出房門來，並且宣布她希望大主教的繼任者是約書一事，一人獨自對抗那些暗中想著要上位的其他老教士。

約書看著眼睛浮腫的少女，他心想，或許正是因為這樣，父親才更加偏愛她。

只是……

被指名擔任大主教對約書來說還是有點受寵若驚，而且驚嚇的程度有點大。

雖然他也知道，現階段由他來擔任大主教，對於獨自在教廷生活的圖麗而言會是更安全的保障，只是……這還是有點讓他心驚膽跳。

「怎麼了？」圖麗的詢問讓約書差點跳起來。

「沒什麼，只是想到接下來還有公關危機、萊特和柯羅的事情、政治鬥爭、一堆公務還有好多好繁瑣的事情要處理，我就覺得……」

「好麻煩啊。」圖麗說。

「啊？」

「好麻煩喔，你最喜歡這麼說了。」

約書看著和他一樣面無表情的圖麗，一個沒忍住，忽然哈哈大笑起來。他很久很久沒有這樣笑過了。

少女看著他，似乎不明白他為什麼笑成這樣。

「對，確實是好麻煩啊。」約書擦掉眼角笑出的淚水。

圖麗則是躊躇了片刻，她伸出手，牽住約書的手。

「沒關係，你陪著我，所以我也會陪著你面對麻煩的。」圖麗喊他：「哥哥。」

約書看著手裡的纖細小手，他反握緊她的手。

「謝謝妳，小妹。」

圖麗對著約書微笑，約書從沒看過她這麼微笑，就像她母親年輕時的模樣。

「對了，最後不跟柯羅他們道別一下嗎？我不知道他們的事情要處理多久，他們這一走，可能會很久。」約書問。

圖麗搖搖頭。

「不了，以現在的狀況，我們最好不要見面對他們而言比較安全。」

「可是……」

「不用擔心，雖然沒辦法碰面，可是我已經給了柯羅新的小鳥。」

圖麗像變魔術一樣地攤開手心，木雕小鳥們活靈活現地拍著翅膀，彷彿擁有生命。

「我相信，我們一定有機會再見面的。」

看著少女堅定的模樣，約書稍微放寬了心，他望向窗外，人群正在朝他父親的墓丟下一朵朵白色鮮花。

約書真心希望接下來所有人都能一切安好，包括那位目前被限制只能在黑萊塔內活動的花園鰻男巫……

伊甸沉默地坐在辦公室內，他的辦公室內安靜無聲，只剩時鐘滴答響的噪音。

文書報告非常繁瑣，可是這是他現在唯一能做的事，也是唯一能讓他分心的事。

滴答、滴答、滴答。

伊甸從報告中抬起頭來，下意識地看向一旁的辦公桌，想詢問約書一些事情，無聊的事情。晚餐吃什麼？下午要去哪裡？今天要吃甜點嗎？

可是約書的位置空空蕩蕩，桌面上收拾得比以往都還要乾淨，一點灰塵也沒留。

滴答、滴答、滴答。

那聲音讓伊旬彷彿置身在女巫地牢，不過他明明只是像以往一樣待在辦公室裡。

伊旬盯著約書的位置，他默默地從抽屜裡翻出很久以前以約書為原型做成的巫毒娃娃，將它放到了約書的空位上。

看著那個小小的巫毒娃娃坐在那裡，伊旬問：「要吃晚餐嗎？」

巫毒娃娃沒有回應，受創太嚴重，伊旬已經失去了他大部分的巫力。

辦公室內傳來了深深的嘆息。

伊旬坐回自己的辦公桌前，繼續處理著那堆約書最討厭碰的文書作業。

滴答、滴答、滴答。

辦公室裡依舊只有時針轉動的聲音。

「都說過八百遍了萊特和柯羅跟這件事根本一點屁關係都沒有！大主教和教士群的死亡根本不是他們造成的，那些老頭子卻來一直說什麼你又不是親眼所見叭啦叭啦叭啦的！」

丹鹿一回到辦公室就憤怒地甩著外套，氣到繞著正在調製藥水的榭汀轉，一邊吱吱叫個不停。他剛出席完一場由教廷主導、針對這次靈郡暴動事件以及前大主教慘案的聽證會，結果從頭到尾根本沒人要聽他說話。

「冷靜，鹿，冷靜。」榭汀按住他的腦袋要他停止打轉。

「可是你不覺得這很讓人生氣嗎？」

「是很讓人生氣，不過面對現實吧！柯羅被瑞文在眾目睽睽下帶進教廷，當時的萊特也還在通緝中，結果兩個人都被目擊到出現在白懷塔，還在大主教身亡後一起出現，你說會有人相信他們和這件事沒關係？更別提萊特還卡著一個禁忌身分的問題。」

「但大學長現在當上大主教了！他能修改協議的禁忌吧？至於大主教身亡這件事，大女巫和大學長都可以作證……」

「你就別提這兩個傢伙了，就像你說的，約書現在成了大主教，唯一的戰友只有圖麗，他們兩人除了要修復靈郡，還要面對教廷一堆老屁股的質疑，接下來會遇到的麻煩可能都比你還多，哪有辦法馬上就解決掉這些困難。」榭汀笑出聲來。

「可是，難不成我們就這樣放棄了？」

「也不是放棄，只是這種事情急不得，我們必須花更多時間小心處理。」榭汀用手指沾了點藥水，戳在丹鹿鼻尖上。

丹鹿一下子放鬆下來，本來想斥責什麼，後來想想又算了。他已經很習慣當榭汀的紅老鼠，反正他很清楚，對方無論如何都不可能傷害他……只是試一些怪怪的藥的時候還是很讓人傷腦筋就是了。

「還要花多久時間啊？」

「不知道。」

榭汀勾著丹鹿的肩膀一路往溫室走，他有些新種出的花草想給丹鹿看看，讓丹鹿稱讚他，拍拍他的腦袋……雖然依丹鹿的身高他可能拍不到。

「這樣下去他們還要跑路多久才能回黑萊塔？不會等我們黑萊塔的所有人再次團聚時，都已經是頭髮花白的老伯伯老婆婆了吧？」

「有可能喔，我們可能都已經在慶祝我們的白金婚了。」榭汀說。

丹鹿皺眉，想想不對。

「白金婚要結婚七十年耶，就算我們現在結婚，等七十年也都八、九十歲了耶，還活著嗎？」

丹鹿沒發現自己搞錯重點，或他真的沒搞錯重點。

「還活著吧，貓有九條命。」

「我又沒有。」

「我分你四點五條，應該可以活到九十歲沒問題。」

丹鹿想想，好像滿合理的，於是他點點頭，「好吧，我們就慢慢跟教廷耗吧！反正教廷現在暫時也抓不出人力追捕他們，而且還有大學長和圖麗罩著。」

「對，不用太擔心，況且他們身邊還跟著那傢伙，要逃很方便，要再見面應該也不難，一切都不會有問題的。」

「也是。」丹鹿徹底放鬆下來了。

榭汀不知道在他鼻尖上點了什麼，但他應該再多要一些的。

「那麼現在我們去看我新種植出來的花，然後結婚。」

丹鹿原本想說什麼，但最後想想好像也是滿合理的。

「好、好，結婚。」

「太好了，我們可以當婚禮策畫師嗎？」溫室頂的新生顛茄們紛紛轉過頭來，一臉很有興趣的模樣。

「好、好，隨便，我只要求花童不要是貓。」丹鹿說，然後他問著一旁正在哼歌的榭汀：「對了，你知道萊特他們現在人在哪裡嗎？」

榭汀想了想，「大概在贈禮之地那裡，做臨走前的最後任務和道別吧？」

亞森坐在新建好的小木屋內，看著窗外那片綠油油的草地和閒散地在上頭吃草的羊群。

一切是這麼的恬靜悠閒，與世隔絕。

但即使身處這麼和平舒適的環境，亞森心中偶爾還是會閃過不安和自責。有時候他會反覆地揣測著，瑞文在臨死前有注意到他的離去嗎？會不會記恨著他呢？

只不過，現在再猜想著這些似乎已經毫無意義。

「威廉……你很棒喔！以後就不辛苦了，不用再聽到那些聲音，也不用再去地獄邊緣了。」

金髮教士……不，應該說是金髮男巫的聲音喚回了亞森的注意力。回過頭來，亞森看向身旁坐在輪椅上，髮色青灰、身上纏滿繃帶，過去曾經無比美麗的少年。金髮男巫則是半跪在少年面前，懷裡放置著達莉亞的聚魔盒。

面對著因為傷重且還在復原期間，所以面容極度醜陋的威廉，萊特依舊笑咪咪地牽著他乾枯的手，看著威廉的眼神好像他是世界上最漂亮的男巫一樣。

「另外啊，很抱歉我們必須要出門去一陣子，但是一定會常常回來看你的！」萊特說著。

在亞森選擇回到威廉身邊之後，他陪著威廉度過了最危險的時期。榭汀花了很大的力氣才救回威廉一命，只是威廉當時真的傷得太嚴重，即使撿回小命，也還不能馬上恢復如常，需要很長一段時間的靜養。

在教廷和靈郡都還在對瑞文及其共犯的罪行追究不止的事態下，萊特想到了這個主意——他們決定在當初萊特父母躲藏的贈禮之地將小木屋重建起來，然後讓威廉在沒有外力打擾的狀態下，先待在這裡安心休養。

「雖然這段時間不在，沒辦法陪著你復原，但亞森會在，會好好盯著你，所以你一定要好好休養，知道嗎？」萊特用拇指輕輕磨蹭著威廉的手。

威廉沒有反應，他太累、太疲倦，精神有時候還是會遊走在黑暗之中，所以他們不確定此刻的他是否清醒。

不過萊特似乎不在意，只是自顧自地說著：「待在這裡的時候記得要好好聽亞森說的話，該吃飯就要好好吃飯，該睡覺就要好好睡覺，明白嗎？」

「他又不是三歲小孩，他知道啦。」一旁的柯羅雙手環胸，輕輕踢了萊特一腳。

「我就擔心嘛！」

「沒事的，他是靠著自己的力量救了你的傢伙，他也會靠自己好起來的。」柯羅注視著威廉，他希望威廉有聽見他的話。

威廉依舊沒有反應，眼神時而清醒，時而混沌。

萊特有些難過，但榭汀叮囑過他，一切都會慢慢好起來的，威廉只是需要更多時間。而他們唯一能做的，就是帶走他肚子裡的伏蘿，讓威廉可以再少受更多的罪。

雖然把伏蘿一起裝進聚魔盒，裡頭的蝕大概會瘋掉，但一切都值得。

「萊特，我們該走了，別忘記我們還有一件事要做，那個傢伙大概也快到了，再不走等一下會被碎碎念到死的，你知道吧？」柯羅提醒萊特。

萊特看了眼時間，他點點頭，將聚魔盒丟回去給柯羅。

「好啦，威廉，我必須走了，下次再來找你的時候要變胖一點，然後要跟我說話喔！」萊特輕輕揉著威廉的腦袋，最後在他乾枯的青髮上落下一吻，「再見，分點好運給你，祝你幸運。」

威廉的手指輕輕顫動。

「那麼，我們家威廉就拜託你了。」萊特對著亞森鞠躬。

「是我家，不是你們家。」亞森只是靜靜地說。

聞言，萊特先是愣了愣，然後對著亞森微笑。

「該走了，萊特！」柯羅催促。

萊特點頭，和柯羅兩人匆匆忙忙地抓起西裝大衣就往門外衝，柯羅還不小心在門口跌了個狗吃屎。

站在門邊看著萊特和柯羅一路奔跑著離開，亞森默默關上門，回到威廉身邊坐下。

世界又恢復成一片靜謐，只剩壁爐柴火劈啪作響，以及外頭綿羊咩咩叫的聲音。

亞森拿了本書想念故事給威廉聽，一抬眼卻注意到，威廉被親吻過的髮梢竟然長出了漂亮的粉紅色頭髮。

有這麼一兩秒的時間，他彷彿在威廉臉上看見了笑意。

「威廉？」

亞森輕輕握住威廉的手，他等了一兩秒，直到威廉的手指也輕輕回握住他。看著威廉臉上若有似無的笑，亞森忍不住溼了眼眶。

「柯羅跌倒很好笑，對吧？大概是萊特分給你的好運奏效了。」

威廉沒有回應，只是笑得更明顯了。

亞森驚喜地親吻著威廉的手指，雖然想過瑞文和朱諾會不會對他有所怨懟，但亞森從來不後悔他當初做了那個決定。

他拯救了威廉，就像瑞文當初拯救自己一樣。只是與瑞文不同，亞森最後選擇回到威廉身邊，就像他回到了自己身邊一樣。

「一切都會慢慢變好的。」

亞森看著威廉。

「我們只是需要更多時間來癒合所有傷口。」

柯羅和萊特先是來到湖邊，來到昆廷埋葬自己的地方。

萊特看著柯羅，眼神依舊帶著擔心，不過柯羅的情緒非常平靜。他從懷裡掏出一隻渡鴉形狀的陶瓷雕塑，雕塑裡乘載著已逝之人的遺骸。

「你確定這樣可以嗎？」柯羅抬眼望著萊特。

「我是瑞文的話，大概會希望最後的安身之所在這裡。」萊特點頭。

柯羅將視線放回手中的渡鴉上，眼裡還是帶上了些許落寞。

萊特站在他身旁，安靜不語，手卻堅定地放在柯羅的肩上，表達他的支持。

柯羅看著萊特，挑眉玩笑道：「他可能會一路到地獄追著昆廷跑喔。」

萊特笑出聲來，「那也是我爸該負起的責任吧，給大家添了這麼多麻煩。而且反正我媽應該會守著，瑞文還要先過她那關。」

「你這不孝子。」

萊特哈哈大笑，柯羅則是蹲下身來，在親了口陶瓷渡鴉後，將渡鴉放到昆廷的墓地之上。

「再見了，瑞文。」

男巫們從山坡上慢悠悠地走下來，一群白羊一路跟隨著送行。

山坡下的紅髮男巫則是一副快炸掉的模樣。

「你當我是Uber司機啊？又沒有收你們費用，叫你們準時就該準時，還在那裡慢吞吞地散步下來，是不會用滾的嗎？」

賽勒一身優雅的三件套西裝，一邊指著手表一邊不耐煩地跺著腳，嘴裡還不停碎碎念著。

柯羅斜睨了萊特一眼，用眼神訴說著：你看吧。

萊特則是斜睨回去，滿臉嬌羞，用眼神訴說著：不、不要在大庭廣眾下跟我眉來眼去，人家是黃花大閨男。

柯羅滿想殺萊特的。

「每次都這樣，你們覺得我很好欺負嗎？真不知道我幹嘛答應要帶著你們到處跑，我一定是被你肚子裡那隻醜獨角獸催眠了才會同意這件事。」

柯羅也滿想殺賽勒的，雖然賽勒這傢伙是真的誤打誤撞幫了他們不少的忙。

「你怎麼可以這樣說你的乾兒子……或是女兒？牠才不醜，牠是隻可愛的寶寶！」萊特抱著肚子，有東西從他衣領下鑽了出來，是那隻在潘被吞噬後，退化變成的使魔寶寶。

從那天之後，萊特就把使魔寶寶帶在身邊，沒有放進肚子裡，也沒收進聚魔盒。

看著使魔寶寶毛茸茸的身體，以及那雙詭異同時兼具可愛的方正瞳孔，萊特實在辦不到。把這麼可愛的東西放進聚魔盒，這樣有合理嗎？

而且使魔寶寶超黏人的，現在他和柯羅就像牠的爸媽一樣。

「你有沒有眼光啊？你才醜，你全家都醜！」柯羅意外的也是個溺愛型家長。

「小心牠哪天又變成之前那副死德性，一口吃掉你們。」賽勒一臉睥睨，使魔寶寶看著他，他也看著使魔寶寶。

唉，真是醜死了。

然後這兩個喪心病狂的男巫還要他認牠當乾兒子……或是乾女兒，真的是瘋了。

「不，我的理論是這樣的，以前牠跟錯了主人，主人都餵錯了東西，牠才會變成那副德性，要是讓我好好餵食……」

「你打算要餵食什麼？」

「呃，胡蘿蔔跟芹菜？」

「我神聖的大女巫啊，我當初怎麼會答應要和你們合伙這件事啊！」賽勒抱著頭，又開始不斷碎碎念。

柯羅看了萊特一眼，又看了使魔寶寶一眼。

萊特點點頭，他抱高使魔寶寶，用牠的蹄子往賽勒額頭上一點。

「你是個冷靜成熟的大人了，你會心平氣和地與你未來的伙伴們溝通。」

這招很有效，賽勒馬上安靜下來，他看著萊特和柯羅，表現得成熟世故，「那麼接下來呢？我們就照著你的原定計畫去進行嗎？」

萊特點點頭，高舉使魔寶寶的雙蹄，大聲吶喊：「沒錯！讓我們組成黑萊塔分支偵探小隊，一起去解決各地的詭異現象和疑難雜症，創造偉大和平的世界吧！」

雖然平息了靈郡一直以來的最大威脅，但萊特和柯羅都很清楚，只要他們手上有聚魔盒，有最強大的力量，教廷是不可能這麼輕易就放過他們的。在約書有能力讓整個教廷做出改變之前，他們終究還是必須逃亡。

但萊特認為，既然他們手上都有了聚魔盒，不如就邊逃亡邊拿來做些有用的事情。他們還是可以像以前那樣去各處調查詭異的案件，甚至可以搶在黑萊塔的其他男巫之前出手。

就算平息了最大的威脅，無主使魔和作亂的流浪男巫這些隱患卻依然存在。而只要有這些隱憂，教廷那些一直渴望捕捉大量使魔塞進圖麗體內、藉此控制她的老頭們，就會一直有機會幹這種壞事。

所以不如讓他們來解決這些隱患。

「你知道這種行為跟淨灘活動一樣沒什麼鳥用吧？你清了一小片海灘，然後總會有人製造更多垃圾。」賽勒成熟世故又心平氣和地吐槽著。

柯羅還是滿想殺賽勒的。

「那麼我們就去清掉更多垃圾啊！反正我們有很多時間不是嗎？」萊特說。

賽勒深深嘆了口氣。

「別這樣嘛，你明明也覺得跟我們在一起很有趣吧？」萊特和他懷中的使魔寶寶露出三八鬼的表情，「況且我們還能幫助你重組巫魔會，賺更多的錢錢。」

賽勒雙手環胸，看著萊特和他的乾兒子……或乾女兒，他第一次知道原來自己在心平氣和的狀態下還是能起殺意。

不過……萊特所說的確實不完全是錯的。

「好吧，不過下個地點要由我來決定。」賽勒說。

「欸……要去哪？要去哪？」

「去找幾個老男巫，我們要先搞清楚使魔寶寶的來歷、能幹什麼，以及會不會有危險。」

「喔！你果然還是很在乎你的乾兒子……或乾女兒。」

「我只是怕牠吃了我！」賽勒翻白眼，他已經都計畫好了接下來的行程，「等辦完這些事後，我們就辦一場巫魔會，你和柯羅負責跳艷舞賺小費。」

「咦！那淨灘活動呢？」萊特和使魔寶寶一臉震驚。

「不是！你該擔心的不是這個吧！」柯羅也一臉震驚地吐槽著。

「淨灘活動等巫魔會結束後就會去做了，畢竟我們要先獲得情報。」賽勒說，也不管暴跳如雷的柯羅，他自顧自地往前走著。

「總之，你們別拖拖拉拉了，我們還有很多事情要做。」

看著一臉傲嬌走遠的賽勒，萊特笑了笑，他將使魔寶寶塞回衣服裡，然後轉身看向柯羅。

「要走了嗎，柯羅？」萊特對著柯羅微笑。

柯羅望著萊特。

贈禮之地吹拂過一陣暖風，雨季過去之後夏季就來臨了，天上高掛著白雲和太陽，日光照亮了萊特一頭耀眼的金髮。配上柯羅替他新治裝的白色西裝——男巫的招牌打扮，萊特整個人看起來亮晶晶的，在太陽底下閃閃發光。

烏鴉最喜歡亮晶晶的東西了，柯羅也是。

他伸手撫摸著萊特的頭髮，萊特露出開心的笑容，也伸手揉了揉柯羅的黑髮。

「好，我們走。」柯羅對著萊特露出笑容，真心誠意。

萊特伸出手來，柯羅牽了上去。

「你們還要在那裡談戀愛的話！我就要丟下你們先走了！」賽勒在遠處喊著。

聞言，萊特露出皮皮的笑容，牽著柯羅的手擠眉弄眼。

「我有個主意。」

「什麼？」

「賽勒不要我們在這裡談戀愛的話，我們就去他那裡談戀愛吧？」

柯羅先是皺眉，思考，然後點頭。

好像滿合理的。

「好，我喜歡這個點子。」

「耶！」

白衣男巫伸手搭住黑衣男巫的肩膀，黑衣男巫也伸手勾住白衣男巫的腰，兩人一黑一白，相依偎地在遼闊的草原上悠然地走著。

直到他們神奇地消失，繼續前往下一趟旅程。

——《夜鴉事典15》完

——《夜鴉事典》全系列完

AFTERWORD

後記

十五集，五年也過去了，大家也都長大了。

謝謝看到這裡的大家，一路從第一集看到最後一集，都陪著萊特和柯羅他們一路耍白痴和冒險犯難還沒跳船，真的非常感謝。（鞠躬）

也希望大家這五年來看夜鴉的時候，閱讀體驗都很愉快或很氣很想扁誰。（？）

最後一集真的是壓力很大，要怎麼給大家一個好結局讓我傷透腦筋，還好最後生命自有出路，角色們都有好好浮現在我腦中告訴我他們想要怎樣的結局，真是讓人欣慰。（伊甸：我不是，我沒有。）

這個結局應該是最好的，我在想絲蘭和麥子可能不會結婚但會生小孩吧，然後那時候約書的大主教已經當得不錯了，規定應該有改。黑萊塔的男巫們在被萊特他們搶任務（？）的狀況下應該會邊緣化，偶爾打打工而已。

真正結婚的可能是貓鹿，他們就，嗯會在一起，不用質疑。真的，不然我寫一本要出示身分證的番外給大家看（住手）。

萊特和柯羅也不用擔心，他們大概會繼續像萊特說的那樣，開偵探團然後繼續晃蕩辦案，順便一探使魔寶寶之謎，最後老了葬在彼此旁邊，按照柯羅說的那樣要隔幾個花瓶這樣。

但賽勒可能會把他們疊在一起，如果柯羅和萊特沒有老死的話凶手可能也是他。

開玩笑啦。

總之，他們的故事其實還有很多可以寫，只是到這裡還是先告一段落了。如果可以，大家都有機會能再用任何形式和這些角色見面的。

最後還是要謝謝大家這麼多年的陪伴和陪玩耍，你們都是讓我完成這個系列的龐大動力，真的，很感謝大家，希望有機會能用新作品和大家再次玩耍。:)

碰碰俺爺

高寶書版集團
gobooks.com.tw

輕世代 FW382
夜鴉事典 15(完)—極夜晨星—

作　　者　碰碰俺爺
繪　　者　woonak
編　　輯　林雨欣
校　　對　薛怡冠
美術編輯　彭裕芳
排　　版　彭立瑋
企　　畫　黃子晏

發 行 人　朱凱蕾
出　　版　三日月書版股份有限公司
　　　　　Printed in Taiwan
地　　址　臺北市內湖區洲子街 88 號 3 樓
網　　址　www.gobooks.com.tw
電　　話　(02) 27992788
電　　郵　readers@gobooks.com.tw（讀者服務部）
傳　　真　出版部　(02) 27990909　行銷部 (02) 27993088
郵政劃撥　50404557
戶　　名　三日月書版股份有限公司
發　　行　英屬維京群島商高寶國際有限公司臺灣分公司
　　　　　Global Group Holdings, Ltd.
初版日期　2022 年 8 月

國家圖書館出版品預行編目 (CIP) 資料

夜鴉事典 / 碰碰俺爺著 .-- 初版 . -- 三日月書版股份有限公司出版：英屬維京群島高寶國際有限公司臺灣分公司發行 , 2022.08-
冊；　公分 . --

ISBN 978-626-7152-09-6 (第 15 冊 : 平裝)

863.57　　110020336

三日月書版